KB261109

그 여자의
침대

그 여자의 침대

박현욱 소설

문학동네

: 차례 :

그 여자의 침대

스물두 평. 서른 살 여자의 공간이다.

여자는 아파트 문을 열고 집 안으로 들어왔다. 운동화와 슬리퍼가 가지런히 놓여 있는 좁은 현관에 구두를 벗어놓고 여자는 현관 바로 옆에 있는 조그만 방으로 들어갔다. 방 한쪽 구석에 자그마한 옷장이 있고 맞은편에 바퀴가 달린 행거 두 개가 나란히 놓여 있다. 계절에 따라 행거에 걸려 있는 옷들이 바뀐다. 듬성듬성한 행거는 겨울철이 되면 두툼한 옷들 때문에 제법 빽빽해지기도 한다. 여자는 옷에 대한 애착이 강한 편이 아니다. 주로 편한 옷을 사서 아무렇게나 입고 다닌 다. 여자는 얼른 옷을 갈아입고 방에서 나왔다. 옷방을 따로 두고 살 게 될 줄 몰랐던 탓인지 그 방의 주인은 자기가 아니라 옷인 것만 같 다. 그 방에 들어갈 때면 남의 방에 들어간 듯한 기분이 되기도 한다.

여자는 욕실로 들어갔다. 세면대 옆의 머그잔에 칫솔 한 개가 꽂혀 있다. 수건걸이에는 수건 한 장이 단정하게 걸려 있다. 커다란 세탁기

뒤에 조그만 욕조가 있고 욕조 끄트머리에는 샴푸며 린스며 바디로션 같은 것들이 나란히 놓여 있다.

여자는 세안을 하고 욕실을 나왔다. 몇 걸음 옮기면 원목 무늬를 고스란히 드러내고 있는 식탁이 있다. 그 위에는 커피메이커가 있고 몇 권의 책들이 아무렇게나 흩어져 있다.

부엌과 이어지는 공간은 제법 널찍하다. 거실이자 침실이다. 원래는 미닫이문으로 가로막혀 있었지만 여자는 미닫이문을 떼어버렸다. 오른쪽 벽에 낡은 책장 두 개가 있다. 그 옆에 컴퓨터 책상과 오디오와 티브이가 나란히 놓여 있다. 베란다로 통하는 커다란 유리문 옆에는 에어컨이 있다. 책장 맞은편에는 이제 칠이 조금씩 벗겨지고 있는 철제 싱글침대가 있다. 침대 발치에는 CD장이, 침대 머리맡에는 전화기와 각종 전자제품의 리모컨들이 놓여 있는 협탁이 있다.

스물두 평 집 안은 이런저런 가구나 집기들로 가득 차서 아무것도 들여놓을 수 없을 것 같기도 하고, 또 얼마든지 더 들여놓을 만한 공간이 남아 있는 것 같기도 하다. 혼자 살기에는 좁지 않지만 그렇다고 아주 넓은 것도 아니다. 여자는 그보다 좁은 공간을 바라지 않았다. 그보다 넓은 공간도 원하지 않았다. 여자에게 스물두 평이란 딱 그 정도의 공간이었다.

여자는 커피를 만들어 협탁에 올려놓고는 침대 끝에 걸터앉았다. 여자가 앉자 침대에서 삐걱거리는 소리가 났다. 여자는 침대를 바꾸어야겠다고 생각했다. 침대가 삐걱거릴 때마다 드는 생각이다.

여자가 쓰고 있는 철제 침대를 사용한 지 삼 년가량 되었다. 값싼 침대인지라 아무래도 품질에 문제가 있었던지 오래지 않아 매트리스가 삐걱대기 시작했다. 그때까지만 해도 별문제는 아니었다. 일 년쯤 지나자 간혹 매트리스가 프레임 밑으로 빠져버리는 일이 생겼다. 조임 부분의 나사를 다시 조여주면 한동안 별 탈 없이 사용할 수 있었지만 이제는 조임 부분이 마모되었는지 나사를 조여도 꽉 조여지지 않았다.

여자가 이곳으로 이사 와서 제일 먼저 산 것이 침대였다. 다른 것들, 책장이나 책상은 있어도 그만, 없어도 그만이었지만 침대는 있어야 했다.

두 개의 책장과 책상 하나, 별로 크지 않은 옷장과 화장대와 컴퓨터, 그리고 몇몇 가전제품 정도가 이삿짐의 전부였다. 짐이 얼마 되지 않는데도 여자는 포장이사를 했다. 이삿짐센터 직원들이 일을 마치고 갔을 때는 정오도 되기 전이었다. 큰일은 끝났지만 자질구레한 뒷마무리들이 남아 있었다. 집 안 전체를 청소하고 책장에 있는 책들을 제대로 다시 꽂고 그릇이며 뭐며 다시 정리해야 했다. 여자는 손가락 하나 움직이고 싶지 않았다. 예전에는 그런 적이 없었다. 이사 다닐 때마다 여자는 새로운 공간을 자신의 것으로 만들기 위해 온갖 정성을 들이곤 했다. 그러나 이번만큼은 아무 일도 하고 싶지 않았다.

집 안 정리를 미루고 여자는 밖으로 나갔다. 세상에서 가장 한가한 사람처럼 느릿한 걸음으로, 집에서 가장 가까운 동네 가구점으로 가서 제일 싼 철제 침대를 주문했다. 무료하게 쏟아지는 햇빛을 받으며 다시 천천히 집으로 돌아와보니 침대가 그녀보다 먼저 와 있었다. 여자는 침대 위로 올라갔다. 벽에 등을 기댄 채 아무것도 하지 않고 하루종일 멍하니 앉아 있었다. 이삿짐들이 옮겨진 탓에 바닥은 먼지투성이였다. 온전히 등을 기대고 앉아 있을 데라고는 침대밖에 없었다. 고작해야 싸구려 철제 침대에 불과했지만 그날만큼은 비닐 포장도 뜯지 않은 그 철제 침대만이 그녀가 쉴 수 있는 유일한 공간이었다.

여자는 침대 위에 앉아서 실내를 바라보았다. 침대 밖의 모든 공간이 낯설었다. 오랫동안 썼던 책장이나 책상조차도 다른 공간 속에 있으니 낯설기만 했다. 책장이나 책상은 이미 그 낯선 공간에 동화되었다. 새로운 공간 안에서 여자 혼자만이 이방인이었다.

여자는 베란다 쪽으로 눈을 돌렸다. 십육 층, 커다란 유리문 너머로 파란 하늘밖에 보이지 않았다. 전봇대도 전선도 보이지 않았다. 담장도 나뭇가지도 보이지 않았다. 꽃들도 새들도 보이지 않았다. 그런 창밖 풍경은 처음이었다.

침대를 바꾸어야겠다는 생각은 항상 생각만으로 그쳐버렸다. 침대를 굳이 바꾸지 않아도 될 만한 이유도 많았다. 매트리스의 스프링이 삐걱거리는 소리는 참지 못할 정도는 아니었다. 매트리스가 밑으로 빠진다고 해도 다시 제대로 맞추어놓으면 한동안은 그럭저럭 쓸 수 있었다. 쓰고 있는 침대에 익숙해졌다는 게 무엇보다도 가장 큰 이유였다.

얼마 전부터 침대를 바꾸어야 하는 새로운 이유가 생겼다. 남자가 생긴 것이었다. 남자와 여자는 함께 차를 마신다. 함께 밥을 먹는다. 함께 밤을 보내기도 한다. 애인이기 때문에 섹스를 하는 것인지, 섹스를 하기 때문에 애인인 것인지는 확실하지 않지만 여자와 남자는 서로 애인 사이라고 생각했다.

　남자는 간혹 여자의 집에서 자고 갔다. 그가 침대 때문에 불평을 늘어놓았던 것은 아니었다. 하지만 남자와 나란히 침대에 누워 있을 때 몸을 조금이라도 뒤척이다보면 으레 들리게 마련인 삐걱대는 소리는 여자의 입장에서는 아무래도 신경이 쓰이는 일이었다. 좁은 싱글침대에서 둘이 자다보면 편하게 잘 수는 없었기에 잠에서 깨어나면 몸이 뻐근했다. 섹스를 할 때면 매트리스가 빠져버릴지도 모른다는 걱정이 앞서곤 했다. 아직까지는 그런 일이 일어나지 않았지만 언제 일어날지 알 수 없었다. 나사 조임이 헐거워진 철제 침대는 언제든 그런 일이 일어날 수 있는 상태였다.

　전화벨이 울렸다. 여자가 전화를 받으려고 침대 위에서 몸을 움직이자 매트리스가 빠져버렸다. 전화를 건 사람은 남자였다. 매트리스가 또 빠졌다고 여자가 말했다. 남자는 침대를 바꾸라고 말했다. 여자는 그러겠다고 대답했다.

　이 아파트로 이사한 뒤에 여자는 자신이 물건을 사는 데에 서툰 편이라는 걸 깨닫게 되었다. 막연하게 필요할 것이라고 생각해서 사고, 사고 난 후에 후회하곤 했다. 예전에는 그렇지 않았다. 필요한 것이 무엇인지 알고 있었다. 필요 없는 것이 무엇인지 알고 있었다. 필요 없는 물건을 산다 해서 반드시 후회하게 되는 것은 아니다. 필요하지 않은 물건을 사는 즐거움도 있다. 다만 그 즐거움이란 필요하지 않음을 알고 사는 경우에, 그러니까 필요 없음이 필요한 경우에 누리는 것이다. 어느 틈엔가 여자는 꼭 필요한 물건을 사는 즐거움도, 필요 없는 물건을 사는 즐거움도 누릴 수 없게 되었다.

이사 온 첫해, 여자에게는 만나고 싶은 사람도, 만나야 할 사람도 거의 없었다. 학원 강사인 여자가 쉬는 날은 일요일 하루였지만 쉬는 날이 달갑지 않았다. 집에서 혼자 보내기에는 일요일이 너무 길었다. 심지어 평일도 길게만 느껴지는 경우도 많았다. 여자는 밤늦게 잠들었다. 그리고 느지막하게 일어났다. 아침 일찍 눈이 떠질 때도 있었다. 그럴 때마다 여자는 막막한 느낌에 사로잡혔다. 아침햇살 속에서 할 수 있는 일이란 아무것도 없었다. 티브이도, 음악도, 책도 아침햇살과는 어울리지 않았다. 그런 날이면 해는 유난히 더디게 위로 올라갔다.

여자는 잠자는 시간을 늦추기로 마음먹고는 VTR을 샀다. 그러나 한 달이 지나지 않아 괜히 샀다고 생각하게 되었다. 영화 한 편을 제대로 본 적이 없는 탓이었다. 여간 재미있는 영화가 아니면 리모컨을 집어들어서 빨리감기 버튼을 눌러대다가 결국 정지 버튼을 누르게 되었다. 그러다보니 비디오 한 편 보는 데 꼬박 이삼 일, 때로는 일주일이 걸리곤 했다. 몇 번인가 연체료를 낸 후에 여자는 더이상 비디오가게에 가지 않았다. 극장에 들어가게 되면 아무리 지겨운 영화라도 어느 정도는 스크린에 몰두할 수밖에 없지만 VTR에 비디오테이프를 집어넣고 리모컨의 플레이 버튼을 누른 후에는 아무리 재미있는 영화라도 온전히 집중해서 보는 게 쉽지 않았다. 작정하고 산 고화질 8헤드 VTR은 잠드는 시간을 늦추는 데 아무런 기여도 하지 못했다.

이듬해 여름에 여자는 에어컨을 샀다. 열대야 현상이 계속되었다. 베란다 쪽의 창문을 열어놓는 것만으로는 실내의 열기를 식힐 수 없었다. 바람이 잘 통하라고 입구의 문마저 열어놓을 수도 없었다. 여느 여름과는 달리 여자는 더위에 지쳐버렸다. 에어컨이 필요하다고 생각했다. 그래서 에어컨이 가장 비싼 한여름에, 그것도 이 주나 기다린 끝에 에어컨을 들여놓았다. 에어컨을 사자마자 장마가 시작되었다. 장마가 끝나고 불볕더위가 다시 시작되자 여자는 에어컨을 틀었다. 에어컨을 틀고 잠든 첫날 여자는 숙면 대신 감기를 얻었다. 감기는 여름이 끝나 갈 때까지 떨어지지 않았다. 여자는 에어컨을 산 것을 후회했다.

삼 년째로 접어들면서 여자는 빨간 마티즈를 샀다. 학원 일은 자정이 다 되어서, 때로는 자정을 넘긴 시각에 끝났다. 밤늦게 퇴근하는 일이 잦으니 아무래도 차가 한 대 있어야겠다는 생각이 들었다. 매일 밤 택시를 타고 귀가하는 것이 습관처럼 되었지만 늦은 밤에 택시에 오르면 조금은 불안한 마음이 들곤 했다. 다른 이유도 있었다. 자동차가 있으면 어디든 가고 싶을 때 갈 수 있을 것 같았다. 드라이브도 하고 가끔 여행도 다니면 일상이 조금은 덜 지루할 것 같았다. 그러나 오너드라이버가 되자마자 꼭 그렇지만은 않다는 것을 깨달았다. 성질 급한 운전자들은 그녀 주변에서 마구 클랙슨을 울려댔다. 어디에 가도 주차할 공간을 쉽게 찾지 못해 한참 동안 주변을 빙빙 돌기 일쑤였다. 모르는 길을 찾아가는 것도 스트레스였다. 도로의 표지판은 엉망이었다. 가장 큰 문제는 따로 있었다. 여자는 차를 사고 난 다음에야 자신이 어느 곳에도 가보고 싶어하지 않는다는 것을 알게 되었다.

가벼운 접촉사고가 난 이후 여자는 운전대를 잡고 싶은 마음이 전혀 들지 않았다. 차라리 택시를 타고 퇴근하는 게 마음 편한 일로 여겨졌다. 빨간 마티즈는 아파트 주차장 한구석에서 먼지만 뒤집어쓰게 되었다.

침대를 고를 때에는 더욱 신중해야 했다. 일 년 중에 에어컨을 켜야 하는 날은 얼마 되지 않고, 비디오를 봐야 하는 날도 얼마 되지 않으며, 자동차를 운전해야 하는 날도 얼마 되지 않지만 침대는 버리거나 바꿀 때까지 매일 사용해야 한다. 철제 침대를 샀을 때처럼 아무렇게나 섣부르게 결정할 수 없는 일이다.

침대를 사기 위해 다리품을 팔며 가구대리점에 가는 대신 여자는 인터넷에 접속해서 쇼핑 사이트들을 찾아다녔다. 모니터에 뜨는 침대들을 바라보며 여자는 고민에 빠졌다. 디자인이 괜찮아 보이는 것은 사이즈가 마땅치 않았고, 적당한 사이즈의 침대들은 하나같이 디자인이 마음에 들지 않았다.

여자는 남자에게 전화했다.

"인터넷으로 침대를 보고 있는 중인데 뭘 사야 할지 모르겠어."

남자는 여자가 일러준 사이트로 접속했다.

"사이즈는 어떤 걸로 할 건데?"

"슈퍼싱글."

제품들을 살펴본 뒤에 남자가 말했다.

"슈퍼싱글 모델들만 디자인이 좀 그러네. 그냥 다른 사이즈로 사면 되잖아."

"이왕 침대를 바꾸는 김에 좀 넓은 침대를 쓰면 좋지 않을까 해서 말이지. 그냥 디자인은 별로여도 슈퍼싱글로 할까, 어쩔까 싶어서 말이야."

"그래도 매일 보는 건데 이왕이면 마음에 드는 디자인으로 해야 하지 않겠어?"

"그거야 물론 그렇지만……"

"더블은 어때?"

"너무 넓지 않을까?"

"사이즈 보니 폭이 백사십 센티야. 지금 쓰는 침대보다 사십 센티 정도 넓은 거네. 슈퍼싱글이 백이십 센티라 적당한 것 같기는 해도 쓰는 김에 이십 센티 더 써. 겨우 이십 센티잖아."

전화를 끊은 후 여자는 곧바로 더블침대의 주문서를 작성했다. 어차피 어느 정도는 남자를 위한 침대이기도 했다. 남자가 만족한다면 더블침대도 괜찮을 것 같았다.

남자는 무의미한 물건에 생기를 불어넣었다. 괜히 샀다 싶었던 VTR도 남자와 함께 비디오를 볼 때에는 아주 요긴한 물건처럼 여겨졌다. 지난여름, 남자가 올 때마다 에어컨을 틀었다. 남자는 더위를 많이 탔다. 여자는 팔에 소름이 돋는 것을 참았다. 자신의 소유물이 남자를 흡족하게 한다는 것이 흐뭇했다. 빨간 마티즈도 남자로 인해 비로소 쓸모 있게 되었다. 남자는 여자가 운전하는 것을 끈기 있게 도와주었다. 마티즈를 몰고 남자의 집으로 찾아갈 수 있게 되면서부터 여자는 자동차의 효용을 알게 되었다.

침대도 그럴 것이라고 여자는 생각했다. 디자인이 어떠하건, 사이즈가 어떠하건 남자가 생기를 불어넣어줄 것이다. 다른 것들처럼.

며칠 뒤 침대가 배송되어 왔다. 새 침대에서는 향긋한 나무 냄새가

났다. 여자는 침대에 누워보았다. 든든한 느낌의 매트리스도 마음에 들었다. 그런데 가만히 누워 있다보니 눈으로 볼 때와는 다른 뭔가가 있었다. 침대를 자기 방에 들여놓고 누워보기 전에는 결코 알 수 없었던 것이었다.

갑자기 침울해진 여자는 침대에서 일어나 다시 침대를 바라보았다. 방 전체와의 조화도 유심히 살펴보았다. 새 침대는 충분히 넓었고 근사했으며 방 분위기와도 잘 어울렸다. 여자는 매트리스의 비닐 포장을 벗겨냈다. 미리 사둔 침대 시트도 곱게 펼쳐놓았다. 새 이불도 펼쳐놓았다. 여자가 머리에 그려두었던 모습과 다르지 않았다. 그러고 난 뒤에 여자는 이불 사이로 살며시 들어갔다. 처음 침대에 누웠을 때 느꼈던 이상한 느낌이 여전히 남아 있었다. 그것은 치명적이었다. 여자는 침울한 얼굴로 힘없이 침대에서 일어났다. 출근하기에는 다소 이른 시각이었지만 여자는 침대에 눈길도 주지 않고 집을 나섰다.

학원에서 강의하는 도중에도 여자의 불안은 사라지지 않았다. 하루 종일 침대에 대한 생각이 머릿속을 떠나지 않았다. 퇴근해서 집으로 온 후 여자는 침대를 바라보며 한숨을 내쉬었다.

전화벨이 울렸다. 남자는 여자가 우울해하고 있다는 것을 알아차렸다.

"목소리가 좋지 않네. 무슨 일 있어?"

여자는 우물거리다가 대답했다.

"침대가 왔어."

"그런데 왜? 마음에 안 들어?"

여자는 힘없이 말했다.

"침대가 너무 넓어."

"넓은 게 어때서? 침대는 넓은 게 좋은 거야. 아직 익숙하지 않아서 그럴 거야. 며칠 지나면 괜찮아질 테니 신경쓰지 마."

여자는 남자의 말을 믿고 싶었다. 다시 침대에 누워보았다. 새 침대는 두 팔, 두 다리를 다 뻗고 뒹굴어도 될 만큼 넓었다. 그러나 넓고 안정적인 더블침대 위에 누워 있는 여자의 불안감은 좀처럼 줄어들지 않았다. 치워버린 낡은 철제 침대의 좁지만 아늑했던 공간이 떠올랐다. 여자는 철제 침대가 그리워졌다. 철제 침대는 들어오자마자 처음부터 쉼터를 제공해주었다. 실내의 다른 모든 것들이 익숙해져버린 지금, 새로 들어온 더블침대는 스물두 평의 공간 중에서 마음 놓고 있을 수 없는 유일한 공간이 되어버렸다. 여자는 막막해졌다. 마치 벌판 위에 혼자 버려진 것 같은 느낌이었다. 한참 동안 뒤척거리다가 여자는 침대에서 몸을 일으켰다. 베개와 이불을 들고 방바닥으로 내려갔다.

뜬눈으로 밤을 새다시피 한 여자는 아침해가 밝자마자 가구 사이트에 전화했다.

"어제 침대를 받았는데…… 교환할 수 없을까요?"

"왜 그러시는데요? 침대에 무슨 하자라도 있습니까?"

"딱히 큰 하자가 있는 것은 아닌데, 사실은 제가 좀 넓은 침대를 쓰고 싶어서 더블침대를 구입했는데 막상 들여놓고보니 이게 너무 넓어서요. 슈퍼싱글로 교환했으면 싶은데 가능할까요? 제가 매트리스의 비닐 포장을 뜯었거든요."

여자는 말꼬리를 흐렸다. 다행히도 담당자는 친절한 사람이었다.

"알겠습니다. 어느 모델로 교환해드릴까요?"

다른 모델넘버를 불러주고 전화를 끊은 후에 개운한 기분으로 남자에게 전화를 걸었다. 여자의 목소리는 밝았다.

"무슨 좋은 일이라도 있어?"

"방금 가구사하고 통화했는데 침대를 교환해주겠대."

"왜 바꾸려는 건데?"

"말했잖아. 침대가 너무 커서 불편하다고."

"침대는 넓을수록 편한 건데 그게 왜 불편한 거야?"

"뭐, 낯설기도 하고 공간을 너무 많이 차지해서 실내가 좀 갑갑하기도 하고 그러네."

남자는 여자의 대답에 수긍할 수 없었지만 더는 캐묻지 않았다. 어떤 침대를 선택하든 그건 여자의 몫이었다.

그날 밤 여자의 집으로 왔을 때 남자는 여자의 얼굴이 다시 우울해진 것을 보았다. 여자는 기운 빠진 목소리로 말했다.

"가구 사이트에서 다시 연락이 왔는데 침대를 교환해줄 수 없대."

"왜?"

"품질에 하자가 있는 것도 아니고 설치가 불가능할 정도인 것도 아닌데 반품하는 것은 자기들도 어렵대. 단일 업체가 아니고 여러 업체에서 합쳐서 운영하는 건데, 이런 경우도 반품 처리해야 하면 어떻게 하냐고 매트리스 공장 쪽에서 뭐라고 하나봐. 내가 매트리스 비닐 포장을 뜯었거든."

"그건 말도 안 된다. 무슨 제품이건 간에 뜯어보지 않고 어떻게 사용해보겠어? 걔들 사이트에 보니까 반품, 환불 백 프로 보장이라고 써놨던데 그거 다 뻥이네. 게다가 마음에 들지 않아도 반품, 환불해주겠다고 해놨던 거 같은데?"

"그러게 말이야. 여하튼 걔들이 정말 바꿔주지 않으면 어떻게 하지? 소비자보호원 같은 데에 전화해서 상담해볼까?"

"그런데 정말 그렇게 마음에 안 들어?"

남자는 침대로 시선을 돌렸다.

"이거 괜찮은데 왜 굳이 바꾸려고 해?"

남자는 더블침대가 터무니없이 커 보이지 않았다. 새 침대는 어딘지 앙상해 보이던 철제 침대와는 비교도 되지 않을 정도로 근사했다. 철제 침대가 너무 좁아서 불편했던 것도 사실이었다. 더블침대는 충분히 넓었고 그것만으로도 그는 더블침대에 후한 점수를 줄 수 있었다. 여자의 애물단지인 더블침대는 남자의 마음에 들었다.

"괜찮아?"

여자는 불안한 눈빛으로 남자를 쳐다보았다. 남자로부터 그 정도 넓이의 더블침대는 별로 넓은 것이 아니라는 확신을 받고 싶었다. 남자는 힘주어 말했다.

"요즘에는 혼자 자더라도 넓은 침대를 쓰는 추세야. 이 정도면 충분히 괜찮지. 이만하면 침대에서 뭘 해도 되는 넓이면서도 사실 엄청나게 넓은 것도 아니잖아. 웬만하면 그냥 쓰지 그래?"

침대를 교환해달라고 업체 직원과 실랑이를 벌이는 것은 성가신 일이었다. 침대를 바꾸려고 했던 이유도 어느 정도는 남자 때문이었다. 그리고 남자는 더블침대를 좋아하는 것처럼 보였다. 여자는 애써 웃음을 지어 보였다.

"일단 써봐야겠다. 오늘은 자고 가라, 웅?"

아침에 출근해야 하는 직장에 다니는 남자는 섹스가 끝나자 이내 잠들었다. 여자는 일어나 앉아서 잠든 남자를 바라보았다. 남자는 편안한 자세로 잠들어 있었다. 여자가 보고 싶었던 것은 남자가 잠든 모습이 아니었다. 침대와 남자의 조화였다.

여자는 한숨을 내쉬었다. 더블침대의 한쪽에 누워 있는 남자가 여느 때와는 달리 낯설게 보였다. 좁은 철제 침대 위에 있을 때에는 그렇지 않았다. 한 사람 몫의 공간에 같이 누워 있을 때의 남자와 두 사람 몫의 공간에 누워 있는 남자가 다른 사람인 것처럼 느껴졌다. 얼마간의 시간이 지나고 나니 남자가 낯설지 않게 여겨지기도 했다. 그러나 그렇게 되자 이제는 남자의 옆에 있는 자신이 몹시도 낯설어졌다.

더블침대는 혼자 눕기에는 너무 넓었다. 좁은 철제 침대 위에서 잊어버렸던 것들이 저절로 떠올랐다. 목덜미에 굵은 팔의 감촉이, 등뒤에는 다른 체온이 있어야만 될 것 같았다. 그것은 결코 충족되지 않을 바람이었다.

남자가 옆에 누워 있을 때에도 마찬가지였다. 자신도 모르는 사이에 여자의 집에 있는 모든 것들에 생기를 부여했던 남자는, 역시 자신도 모르는 사이에, 더블침대에 생기를 불어넣는 데에는 실패하고 말았다.

여자는 벽 쪽으로 돌아누웠다. 뒤에는 지난 삼 년간 지낸 공간이 있다. 남자가 있다. 익숙해진 공간이었고 친밀해진 사람이었지만 어딘지 모르게 등 쪽으로 자꾸 한기가 스며드는 것 같았다. 여자는 몸을 일으켜 침대 밑으로 내려왔다. 욕실로 가서 욕조에 뜨거운 물을 받고는 그 안에 몸을 담갔다. 욕조 위로 물이 넘쳐흘렀다. 욕실은 이내 수증기로 뿌옇게 흐려졌다. 물은 몸이 저릿할 정도로 뜨거웠다. 좁은 욕조는 여자 하나로 가득 찼다. 여자는 자신의 몸 하나로 가득 차는 딱 그 정도의 공간 안에 오래도록 머물러 있었다.

아무리 좁은 공간이라 해도 익숙해지면 처음보다 넓은 것처럼 여겨진다. 마찬가지로 넓은 공간도 익숙해지면 처음보다 좁은 것처럼 느껴지게 마련이다. 벌판처럼 넓은 더블침대도 익숙해지면 적당한 넓이로 느껴질 것이다. 그러나 그렇게 되기까지 얼마나 많은 밤을 보내야 하는지 알 수 없는 일이다.

신화에 나오는 거인은 침대 크기에 맞추어 사람을 늘이거나 잘라버렸다. 남자가 착한 거인이 되어 더블침대를 몸에 맞는 넓이로 줄여줄 수 있을까. 하지만 설령 남자가 침대를 줄여준다 해도 여자는 그렇게 줄어들 때까지 침대 위에서 혼자 지내야 한다. 남자는 가끔 올 뿐이다. 여자는 매일 그 침대 위에서 자야 하는 것이다. 어느덧 물이 식어버려 미지근해진 욕조 안에서 여자는 다시금 막막함을 느꼈다.

다음날이 되자 여자는 다시 가구 사이트로 전화를 했다. 어떻게든 침대를 바꿔야겠다고 단단히 마음먹은 여자는 목소리를 높였다. 마음에 들지 않거나 하자가 있을 경우 반품해준다는 광고 문구를 끄집어내었고, 지나치게 넓은 공간이 어떤 사람에게는 하자가 될 수도 있다고 주장했으며, 불운하게도 자신이 그런 사람이었다는 것은 사용 전에는 알 수 없는 일이라고 강변했다. 나중에는 소비자보호원을 들먹이며 협박했고, 급기야는 그 침대 위에서는 도무지 잠들 수가 없으니

제발 바꾸어달라고 호소했다.

담당자는 결국 굴복하고 말았다. 추가 배송료를 부담하는 조건으로 몇 시간 뒤에 가구 사이트에서 새 침대가 배송되어 왔다. 슈퍼싱글이었다. 백이십 센티의 폭. 불과 이십 센티가 줄었을 뿐이었지만 여자에게는 침대의 절반가량이 줄어든 것처럼 보였다. 여자는 침대 한가운데에 누워 팔을 크게 벌렸다. 팔이 침대 밖으로 나갔다. 여자는 일어나 반대쪽 벽으로 가서 침대를 바라보았다. 여분의 공간이 사라지자 비로소 침대는 여자의 공간에 잘 어울리는 가구가 되었다. 여자의 공간은 일상을 되찾게 되었다.

여자의 결혼생활은 일 년으로 끝났다. 대개 성격 차이로 명명되는 흔한 이유로, 그리고 성격 차이라고만은 할 수 없는 고유의 이유로 인해 여자의 결혼생활은 그 이상 지속되지 못했다. 여자는 약간의 기쁨과 수많은 환멸로 점철된 그 한 해를 조금씩 잊어갔고 대부분을 지워버렸다.

이사 온 후 여자는 새로운 공간을 완벽하게 혼자만의 공간으로 만들어나갔다. 그런데 더블침대로 인해 생각이 다다르는 곳은 지워진 줄로만 알았던 그 한 해였다. 머리가 잊어버린 일들을 몸이 되살려내고 있었다. 머리의 기억보다 몸의 기억이 더 길었다.

남자는 침대가 바뀐 것을 알고 조금 언짢은 기분이 되었다. 남자의 목소리가 딱딱해졌다.

"기어이 바꾸고야 말았구나."

사라진 이십 센티미터의 폭은 남자의 공간이었다. 여자는 남자에게 미안함을 느꼈다. 그러나 넓은 침대로 인한 불안감이 더 컸다. 침대는 줄어들지 않을 것이다. 나중에 줄어든다 해도 그때까지 견디지 못할 것이다.

남자는 여자가 너무 예민하다고 생각했다. 은근히 화가 나기조차 했다. 하지만 여자에게 화내도 되는 것인지 알 수 없었다. 화가 났는데도 화를 낼 수 없었던 남자의 얼굴은 좀처럼 풀리지 않았다. 여자는 아무 말도 해줄 수 없었다.

어느 한 해의 밀도는 다른 스물아홉 해의 그것보다 훨씬 더 높았다. 여자는 더블침대에 혼자 누워 있자니 자꾸 그 한 해가 떠오른다는 것을 남자에게 말할 수 없었다. 여자가 결혼한 적이 있다는 것을 남자도 알고 있었다. 여자는 그 이상 이야기하고 싶지 않았다. 결혼생활의 기억 때문에 더블침대가 싫은 것이라고 남자에게 말하고 싶지 않았다.

남자는 여자의 애인이었다. 그런 관계는 언제든 간단하게 끝날 수 있음을 여자는 이제 알고 있었다. 침대는 VTR이나 에어컨, 마티즈 같은 것들과는 전혀 다른 종류의 문제였다. 침대의 남는 공간에 관해서는 남자의 힘을 빌리고 싶지 않았다. 더블침대를 그대로 사용하면서 남자와 함께 적응해간다 하더라도 훗날 남자와 헤어지게 된다면 다시 또 침대의 빈 공간을 감당할 자신이 없다는 말도 하고 싶지 않았다. 말하고 싶지 않은 것은 말하지 않는 것이 낫다는 것도 여자는 이제 알고 있었다.

여자는 조심스럽게 입을 열었다.

"일부러 와줬는데 어떡하지? 내가 지금 굉장히 피곤하거든. 미안하지만 오늘은 나 혼자 자면 안 될까?"

남자는 불만스러운 표정을 지우지 못하고 떠났다. 홀로 남은 여자는 침대를 물끄러미 바라보았다. 침대의 디자인은 모니터로 보았을 때처럼 여전히 볼품이 없었다. 그러나 이제 디자인 같은 것은 아무래도 좋았다. 여자는 침대 위에 누웠다. 당장은 남자에 대한 미안함과 그로 인한 쓸쓸함이 크지만 시간이 지날수록 바뀐 침대로 인한 안온함이 더 커질 것이다. 침대로 인한 소동을 생각하며 여자는 쓰게 웃었다.

"고작 침대일 뿐인데……"

침대 때문에 불편했던 이틀이 어떤 일 년처럼 아주 긴 시간으로 느껴졌다. 그리고 또 순간의 일이었던 것처럼 느껴지기도 했다. 이틀이라는 시간이 일 년으로도 혹은 찰나로도 여겨지는 것은 기껏해야 한 뼘 남짓한 겨우 이십 센티미터의 좁은 폭 때문이었다. 그 좁은 폭은 사각지대로 사라졌던 기억들을 다 끌어안고 있을 정도로 한없이 깊었다. 손때가 전혀 타지 않은 새 침대의 좁은 폭 안에 가장 떠올리고 싶지 않았던 것들이 고스란히 스며들어 있었다. 그것은 깊은 심연 같아서 들여다보고 있노라면 몸이 그 밑으로 가라앉게 되어 영원히 헤어나지 못할 것만 같았다.

복잡하게 얽혔던 생각들을 다 털어내려는 듯 여자는 베개 위에 파묻은 머리를 천천히 흔들었다. 묵직한 피곤이 엄습했다. 이틀 동안 제대로 자지 못했던 여자는 두 손으로 얼굴을 감싸안으며 길고 긴 하품을 했다. 하품 탓인지 여자의 눈에 눈물이 고였다. 눈가에 물기를 남긴 채 여자는 깊은 잠에 빠져들었다.

벽

이번 겨울 중

가장 춥다던 날이었다. 밤늦은 시간에 K와 추위를 피해 눈에 띄는 카페로 들어갔다. K가 누구냐면……

K가 누구냐면? 그다음 문장이 떠오르지 않는다. 뭐라고 해야 되나.

이 경우 K에 대해 말하고자 할 때, 핵심은 나와의 관계일 텐데 그걸 잘 모르겠다. K와 나는 친구가 아니다. 동료도 아니다. 선후배 사이도 아니고 애인 사이도 아니다. 그러니 뭐라 해야 할지 멈칫거리게 된다. 그냥, 나이 사십에 이르다보면 관계가 명확하지 않은 사람과도 만나게 된다고 해두자.

카페 안은 따뜻했다. 뜨거운 커피를 마시면서 유리창 너머로 추위에 몸을 잔뜩 움츠리고 바삐 걸어가는 사람들을 보고 있는데 어찌 아니 따뜻하겠는가. 게다가 흘러나오던 음악마저도 따뜻했다.

"이게 무슨 곡이죠?"

베토벤, 바이올린소나타 5번 〈봄〉이요.

자연스럽게 음악이 화제에 올랐다. 얘기하다보니 K의 말이 곧 내 말이었고 내 말이 또한 K의 말이었다. 어렸을 때 한때 클래식을 많이 들었다거나. 저도요. 모차르트는 슬프다거나. 맞아요. 그래도 가장 많이 들었던 건 베토벤이라거나. 저야말로. 특히 9번 교향곡 〈합창〉을 좋아해서 테이프가 닳도록 들었다거나. 내 말이!

K와 헤어져 집에 오자마자 9번 교향곡을 찾아 들었다. 처음에는 그저 한번 들어보고 싶었던 것이 듣다보니 내가 예전에 들었던 그 연주를 다시 듣고 싶어졌다. 혹시 남아 있을까 싶어 온 집 안을 헤집으며 찾았고, 나중에 부모님 집에 가서도 한참 동안 찾아봤지만 어디에도 보이지 않았다. 몇 번 이사 다니는 와중에 더이상 들을 일이 없을 것이라 생각하고는 내 손으로 직접 버렸던 것 같기도 하다.

기억을 더듬어보지만 지휘자도 오케스트라도 떠오르지 않는다. 아무것도 생각나는 게 없는 걸 보면 아마 유명하지 않은 지휘자와 유명하지 않은 오케스트라의 연주를 마이너레이블에서 출시했던 것이 아닐까 싶다.

설령 그렇다 한들 찾아내지 못할쏘냐. 지금 시대가 어떤 시대인데. 인터넷 강국 대한민국은 P2P의 천국. 며칠에 걸쳐 공유 사이트들을 돌아다니며 업로드된 9번 교향곡들을 죄다 다운받았다.

다른 곡 같았으면 찾을 생각도 하지 않았을 것이다. 내가 들었던 연주를 가려낼 정도로 귀가 밝지 못하니. 하지만 9번 교향곡에는 사람의 목소리가 있다. 내가 가장 좋아했던 대목은 4악장 중에서 'Allegro assai vivace : Alla Marcia'. 주제의 변주가 잔잔하게 이어지다가 테너 솔로가 나오는 부분이다.

Froh, froh, wie seine Sonnen,
Seine Sonnen fliegen.

내가 기억하는 테너 솔로는 맑고 청아하면서도 힘이 있는 목소리였다. 나는 훌륭한 연주나 독창적인 해석으로 유명한 명반이 아니라 바로 그 목소리를 찾는 것이다. 워낙 많이 들었던지라 다른 부분은 몰라도 그 대목만큼은 들으면 알 수 있다.

다운받은 9번을 하나씩 들어봤지만 내가 찾는 목소리는 없었다. 마지막 열일곱번째의 테너 솔로도 다른 목소리임을 확인하고 나니 한숨이 절로 새어나왔다.

이십여 년 전

집에 클래식선집이 있었다. 베토벤, 차이코프스키, 브람스, 슈베르트, 슈만, 멘델스존, 리스트, 쇼팽의 선집이었다. 아마 부모님의 지인 중 음반회사 외판원이 있었을 것이다. 책이건 음반이건 전집 같은 것들은 대개 외판원을 하는 친척이나 친구들을 통해 집 안에 들여놓던 시절이었다. 계몽사나 삼성당의 어린이 세계명작전집처럼 웬만한 집에서는 다 구비해놓은 히트작들도 있지만 그렇지 않은 것도 많았다. 우리 집에는 '세계의 대사상'이라는 제목의 철학전집이 있었다. 철학에 관심이 있었던 식구는 아무도 없었으니 그 전집은 완벽한 장식용 품이었다. 묵직해 보이는 검은색 하드커버의 전집은 꽤 그럴싸해 보였다. 클래식선집 역시 '세계의 대사상'과 크게 다를 바 없었다. 부모님은 음악을 들을 시간이 없었고, 형은 헤비메탈에 빠져 있었으며, 여동생의 방에는 오디오카세트가 없었다. 그리고 나는 음악에 관심이 없었다.

어느 날 나는 그 선집을 내 방으로 죄다 들고 왔다. 베토벤 선집에 있는 다섯 개의 테이프에는 교향곡 3번, 5번, 6번, 9번과 피아노협주곡 5번, 바이올린협주곡 D major, 서곡 〈에그몬트〉와 〈피델리오〉, 그리고 피아노소나타 8번과 14번 등이 수록되어 있었다.

피아노소나타 8번 〈비창〉과 14번 〈월광〉은 테이프를 듣기 전부터 익히 알고 있었다. 피아노 앞에 앉은 여동생이 종종 치곤 했으니까. 그때마다 나는 방문을 열어젖히고 마루를 내다보며 진심 어린 목소리로 여동생에게 말했다.

"시끄럽다!"

〈비창〉 1악장도 조금 그렇지만 〈월광〉 3악장이 꽤 요란하죠. 잘 치기가 쉽지 않아요. 전 오빠가 없어서 다행이었네요.

뿐만 아니라 교향곡 5번과 교향곡 6번도 알고 있었다. 고입 연합고사 직전, 음악 선생이 들려주신 복음과도 같은 말씀.

"작년에 미미미도 레레레시, 5번 〈운명〉이 나왔으니 올해는 6번 〈전원〉이 나올 차례다. 주제가 미파라 솔파미레 솔도레 미파미레니까 꼭 외워둬라."

　객관식 사지선다형 시험체제에서 암기 위주의 주입식 교육만큼 효과적인 건 없다. 기연가미연가하면서도 주제 두어 마디를 외워둔 덕분에 우리는 6번 교향곡을 들어보지 않고서도 정답을 골라낼 수 있었다.

　중학교 삼학년 때 클래식 음악만 듣던 친구가 있었다. 가요도, 팝송도 듣지 않고 오로지 KBS 제1FM에만 귀를 기울이던 친구였다. 내 뒷자리에 앉았던 그는 매일같이 자기가 들었던 음악에 대해 얘기하곤 했다.

　"어젠 카라얀의 베를린 필과 안네 소피 무터의 협주로 〈아이네 클라이네 나흐트무지크〉를 틀어주더라."

　소피 무터? 소피 마르소도 아닌데 그 여자가 어디서 누구랑 깽깽이로 뭔 짓을 했건 왜 내가 그런 것을 알아야 한단 말인가. 나는 이렇게 대꾸했다.

　"시끄럽다."

　애! 그런 적 있었어요. 그때 안네 소피 무터하고 베를린 필하고 협연했던 거, 나도 들었던 것 같아요.

　친구를 클래식의 세계에 입문시키고자 하는 그의 노력은 말로만 끝나지 않았다. 그는 내 이름으로 라디오 방송국에 엽서를 보내기도 했다.

'귀 방송국에서 주최하는 모 연주회의 무료 티켓을 보내주시기 바랍니다.'

난데없이 음악회 티켓을 받아본 다음날 나는 그에게 말했다.

"안 가."

그렇게 클래식과 담을 쌓고 지내던 내가 느닷없이 클래식선집을 내 방으로 들고 왔던 것은 시간을 때우기 위한 뭔가가, 거기에 더해 인생의 괴로움을 실어보낼 만한 뭔가가 필요했기 때문이다. 그때 나는 대학 입시에 실패했다. 계절이 계절이니만큼 싸돌아다니기 싫을 만큼 밖은 추웠다. 또 갈 곳도 없었다. 사실 같이 놀 친구도 없었다. 그렇다면? 그냥 집에 처박혀서 빈둥거릴 수밖에.

자신의 처지를 인식하고 있는 실패자라면 응당 심각한 얼굴로 고뇌에 잠겨 있어야 하는 법. 그리하여 다른 작곡가들보다도 베토벤에 더 빠져들었다. 잔뜩 인상을 찌푸리며 무게를 잡고 앉아 있기에는, 그럼으로써 당사자인 내가 훨씬 더 괴롭고 복잡한 심경이라는 걸 다른 식구들에게 보여주기에는, 또 그럼으로써 식구들로부터 쏟아질 유형무형의 질책과 동정과 무시와 기타 등등의 것들을 효과적으로 무마하기에는 베토벤이 적격이었다.

내 의도가 어떠했건 베토벤은 베토벤이었으니, 다섯 개의 테이프에 수록된 음악들은 뜻밖에도 어느 곡 하나 마음에 와 닿지 않는 것이 없었다. 한동안 방 안에서 테이프만 끼고 살았다. 그중에서 가장 좋아했던 곡은 단연 9번 교향곡이었다. 하루 종일 9번만 듣기도 했다.

저는 한참 9번을 들을 때 잘 때도 매일 틀어놓고 잤어요.

웅장한 〈환희의 송가〉를 들을 때 생겨난 누구에게도 말하지 못했던 내 은밀한 소원은 이런 것이었다.
'단 한 번만이라도 이 코러스에 끼어서 원곡 그대로 더불어 노래할 수만 있다면 얼마나 행복할까.'

그러나 부모님은 내게 음악적 재능 같은 건 물려주지 않았다. 정확히 말하자면 내게만 음악적 재능을 물려주지 않았다.
나에 비하자면 형은 다재다능한 사람이었다. 노래마저 잘했다. 비록 내 귀에는 시끄러운 소음으로 들렸지만, 여동생은 고등학교 때 피아노를 전공할까 잠시 고민했을 만큼 피아노를 잘 쳤다. 어릴 때에는 노래도 곧잘 해서 대회에 나가서 상을 받아 온 적도 있었다. 나와 별반 다를 바 없다고 여겼던 남동생마저 나중에 알고 보니 고음도 꽤 올라가고 음감도 제법 있는 편이었다. 넷이나 되는 형제 중에서 음악적으로 형편없는 사람은 나밖에 없는 것이다. 이런.

말이 나온 김에

삼남 일녀 중의 차남이라는 위치 때문에 자라면서 손해를 본 것이 한둘이 아니다. 나는 백일사진, 돌사진이 없다. 백일잔치도, 돌잔치도 안 했다는 얘기다. 생후 백 일 뒤에도, 일 년 뒤에도 찬밥 신세였다. 사람들을 불러모아 잔치를 벌이진 않더라도 사진 정도야 찍을 법도 한데 그마저도 없는 것이다.

다른 형제들 중 단 한 명이라도 돌사진, 백일사진이 없었더라면, 혹은 그 둘 중에 하나만이라도 없었다면 아무런 신경도 쓰지 않았을 것이다. 그러나 오래된 앨범을 들춰보니 나 말고는 다들 돌사진, 백일사진이 있었다. 이 사실을 알게 되었을 때 어머니에게 물었다.

"엄마, 왜 나만 돌사진도 없고 백일사진도 없어?"

어머니의 대답은 짤막했다.

"가난했거든."

그땐 그냥 그러려니 하면서 넘어갔다. 어머니 말에 따르자면 내가 태어나던 무렵에는 워낙 쪼들렸던 터라 당시 세브란스 병원에서 무료로 배급해줬던 분유를 받아와서 나를 먹였다고 한다. 구호품 분유를 받아와야 했을 정도로 가난했다니, 어렵게 나를 키웠다는 데에 감사해하지 못할망정 어찌 토를 달고 불평할 수 있겠는가.

하지만 뒤늦게 생각해보니 그게 꼭 그런 것만은 아닌 일이었다. 74년생인 막내나 69년생인 여동생이 태어날 때보다 내가 태어난 67년에 집안 살림이 더 곤궁했으리라는 것은 능히 짐작할 수 있는 일이다. 문제는 그에 앞서 65년에 태어난 형은 백일사진도 있고 돌사진도 있다는 사실이다. 그리하여 나는, 나이 마흔에, 어머니에게 다시 여쭈었다.

"왜 저만 백일사진도 없고 돌사진도 없는 거예요?"

어머니의 대답은 이십여 년 전과 다르지 않았다.

"옛날에도 물어보더니 왜 또? 너 태어났을 땐 가난했거든."

마흔이라면 불혹(不惑). 그런 대답에 미혹될 나이가 아닌 것이다.

"아니, 그럼 형은 왜 백일사진도 있고 돌사진도 있어? 아무래도 형이 태어났을 때가 더 가난했을 거 아냐."

갑자기 말문이 막히신 어머니, 잠시 머뭇거리다가 이렇게 말씀하시며 웃으신다.

"형이 태어났을 때는…… 처음이라서 그랬나보다."

진실을 대면하는 일은 고통스럽다. 이런. 이런.

그렇다고 그걸 또 여쭤봤어요? 뻔하지. 첫앤데.

서너 살 때부터 몇 년간 살았던 인천 숭의동의 집은 무허가 주택이었다. 동네 골목길에 다닥다닥 붙어 있던 다른 집들도 모두 무허가 주택이었다. 동네 친구들 중에서 유치원에 다닌 아이는 없었다. 사는 건 무허가 주택에 살아도 애들 유치원은 보내야 한다는 어머니의 교육열 때문에 나는 노란 제복을 입고 유치원에 다녔다. 둘째인 나도 다녔으니 다른 형제들도 모두 일곱 살, 여덟 살 때 이미 사각모를 써봤다는 것은 불문가지. 뭐 거기까지는 고마운 일이다.

나중에 보니 어머니는 막내는 막내라고 내내 아침이면 유치원에 데려다주고 끝날 때면 유치원에 가서 데려왔다. 여동생은 하나밖에 없는 딸아이라고 또 매일같이 유치원에 데려다주고 데리고 왔다. 형은 첫아이였는데 오죽했겠는가. 날이면 날마다 손잡고 데려다주고 데리고 왔을 것이다. 그런데 왜 나만?

나는 유치원에 다녔던 일 년 내내 단 이틀만, 바로 입학식날과 졸업식날에만 어머니와 함께 유치원에 오갈 수 있었다. 그 외에는 혼자 다녔다. 이것 또한 어머니에게 여쭈어봤다.

"왜 형이나 동생들은 매일같이 데려다주고 데리고 왔으면서 나만 혼자 다니게 했던 거예요?"

어머니는 이렇게 대답했다.

"그랬었냐? 그게 언제 적 일인데 아직까지 기억하겠냐."

언제 적 일이냐 물으신다면 삼십 년 전 일이라 대답할 수야 있지만, 왜 그런 사소한 걸 아직까지 기억하느냐 물으신다면 무어라 대답해야 하는 걸까. 나는 마음속으로 중얼거렸다.

더 사소한 일들도 기억하고 있는걸요.

숭의동에는 숭의국민학교와 교대부속국민학교가 있었다. 추첨을 통해 학교가 결정되었다. 추첨방식은 단순했다. 통 속에서 바둑알을 집어올려 흰 돌이 나오면 교대부국, 검은 돌이면 숭의국민학교였다. 학부모들은 모두 교대부국이 훨씬 더 좋은 학교라고 여겼다.

입학 추첨 때 형은 직접 바둑알을 뽑았다. 흰 돌을 집어올렸고 교대부국에 다녔다. 향후 십여 년간 어머니는 당신의 맏아들이 직접 추첨을 했던 적극성과 흰 돌을 뽑아낸 뛰어난 감각과 총명함에 대해 언급하곤 했다. 그게 왜 자랑거리가 되는지 나는 아직도 이해할 수 없다. 내가 숭의국민학교로 간 것은 어머니가 검은 돌을 뽑았기 때문인데, 만일 내가 직접 추첨해서 흰 돌을 뽑아냈다 해도 그것이 향후 십여 년간의 이야깃거리가 되진 않았을 것이다.

또 교대부국 시절 수업시간에 형이 질문을 하나 했는데, 질문이 제법 예리했는지 담임 선생이 어머니에게 그 얘기를 하며 칭찬한 적이 있었다고 한다. 이것 역시 향후 십여 년간 장남의 명민함에 대한 증거로 어머니가 종종 들먹이던 대목이다. 원 세상에. 만약 형이 일등이라도 한 번 했다면 나는 아직까지도 그 얘기를 들어야만 했을 것이다.

우리 집은 남자들이 많은 여느 집처럼 다분히 가부장적인 분위기였다. 나는 단 한 번도 아버지를 아빠라고 불러본 적이 없다. 그건 형도, 남동생도 마찬가지였다. 그래도 딸아이라고 여동생만이 간혹 아빠라고 불렀을 뿐이다. 누구 말마따나, 호부호형을 허한들 무슨 소용이 있겠는가. 아버지를 아빠라고 부르지도 못하는데 말이지.

그런 분위기였으니 형제간 서열이 확실했다. 따라서 형에게 밀리는 것에 대해서는 그러려니 했을 뿐이다. 긴장으로 가득한 추첨 현장에서 하얀 바둑알을 콕 집어 뽑아내시고, 수업시간에 예리한 질문을 던짐으로써 선생을 감탄하게 하던 천재 중의 천재가 내 형이라는 사실에 대해서도, 어머니가 그 일을 두고두고 자랑스러워하던 것에 대해서도 딱히 큰 불만이 없었다.

그런데 결과적으로 동생들한테도 밀리는 일들마저 종종 생겨났다. 나는 형제 중에서 유일하게 옷을 물려 입어야만 했다. 그게 참. 형은 첫째인지라 옷을 사 입혀야 한다. 그렇지. 여동생은 유일한 여자아이라 역시 옷을 사 입혀야 한다. 맞아. 터울이 많이 지는 막내동생 역시 옷을 사야만 한다. 그래야겠지.

근데 나는?

형이 입던 옷을 물려 입히면 그만이었다. 태어날 무렵보다 훨씬 덜 가난해졌을 때에도, 후에 외형적으로는 가난해 보이지 않게 되었을 때조차도 나는 옷을 물려 입었다. 그런 식의 습관이란 몸에 배는 것이어서 형과 막내동생은 절대로 아버지 옷을 물려 입지 않았다. 나는 주는 대로 다 입었다.

옷만이 아니라 다른 것들, 가령 책상도 물려받아 써야만 했다. 어느 날 형의 방에 보르네오 가구의 새 책상이 들어왔다. 내 방에 있는 건 아버지가 쓰던 낡은 철제 책상이었다. 세월이 흘러 형은 군대에 갔다. 나는 남몰래 회심의 미소를 지었다. '이제 저 책상이 내 책상이 되는구나.'

그러나 그 책상은 여동생의 차지가 되었다. 그사이에 내 책상도 바뀌긴 했다. 아버지가 쓰시던 목제 책상으로.

세월이 더 흘렀다. 여동생이 시집을 갔다. 나는 또 한번 회심의 미소를 지을 수 있었다. '이제야말로 저 책상이 내 책상이 되는구나.'

그러나 그 책상은 막내동생의 방으로 들어갔다.

다른 형제들도 다 자기만 손해를 보며 컸다고 생각할걸요? 어떤 세대든 자신의 세대가 특히 더 불행한 세대라고 생각한다면서요.

옷이나 책상 따위보다 조금 더 사소한 일을 기억한다. 국민학교 졸업식날이었다. 공교롭게도 막내동생의 유치원 졸업식과 날짜가 겹쳤다. 어머니의 계획은 유치원에 먼저 갔다가 우리 학교로 오는 것이었다.

운동장에서의 식순이 끝날 때까지, 교실로 돌아와 담임 선생이 졸업장을 다 나누어줄 때까지, 마지막 훈화가 끝날 때까지 어머니는 오지 않았다. 운동장은 사진 찍는 사람들로 가득 찼다. 거기에 내가 있을 곳은 없었다. 하릴없이 교실에 앉아서 어머니를 기다렸다. 아이들은 가족들과 사진을 찍고는 교실로 와서 담임 선생께 인사를 드리고 학교를 빠져나갔다. 교실에 들르는 학부모들의 발걸음이 뜸해졌다. 운동장도 점차 한산해졌다. 어머니는 오지 않았다. 어쩐지 눈치도 보이고, 왠지 창피하기도 하고, 더 앉아 있기도 민망하고. 혼자 집으로 가는 수밖에. 혹시라도 어머니와 마주치지 않을까 천천히 걸어가느라 집으로 가는 길은 유난히 멀었다. 그런데도, 이상한 일이지만, 너무도 빨리 집에 도착했다.

집에 들어가자마자 현관 앞에 졸업장이며 뭐며 마구 내팽개쳐 화가 잔뜩 났다는 증거를 남겨놓았다. 오래지 않아 어머니가 집으로 왔다. 때를 놓치지 않고 나는 성질을 부렸다. 그러나 어머니의 목소리가 훨씬 더 컸다.

"얘가 지금 어디서 뗑깡이야! 막내 졸업식이 끝나야 갈 거 아냐! 왜 기다리지도 않고 네 멋대로 집으로 와!"

나는 찍소리도 못하고 다시 학교로 질질 끌려가야만 했다. 동생들이 뒤따라왔다. 씽씽 불어대는 겨울바람에 구겨진 신문지며 버려진 꽃송이며 온갖 쓰레기들이 나뒹구는 텅 빈 학교 운동장에서 굳어진 얼굴로 졸업사진을 찍었다. 그런 후에 어머니는 우리 형제들을 중국집으로 데리고 가서 자장면에 탕수육을 먹이는 것으로 졸업식날에 부모로서 해야 할 도리를 다하셨고, 나는 말없이 꾸역꾸역 먹는 것으로 자식 된 도리를 다했다.

그러나 열서너 살 어린아이의 삶이라 해도 자장면과 탕수육으로 모든 문제가 깨끗하게 해결되는 건 아니다. 그 사소하기 짝이 없는 일이 아직까지도 기억에 남아 있으니.

그나저나 혹은 그리하여

부모님은 내게 음악적 재능 같은 건 애당초 물려주지 않았다는 얘기다. 좋은 게 있다면 이왕이면 맏아들에게, 웬만하면 하나 있는 딸아이에게, 아쉬운 대로 귀여운 막내에게 물려주지, 둘째한테 그런 걸 왜 물려주겠는가.

글 써서 먹고사는 재주는 혼자만 물려받았으면서.

국민학교 일학년 때 서울의 갈현동으로 이사 온 뒤에 형과 같이 피아노학원에 다녔다. 무허가 주택에서 벗어나기도 했겠다, 남들 다니는 피아노학원쯤은 보내야 한다는 어머니의 교육열 때문이었다. 바이엘 상, 하권을 마치고 체르니에 막 입문한 형은 피아노학원에 가는 것을 싫어했다. 학원으로 가다가 이런 말을 남기고 사라졌다.

"엄마한테 이르면 죽어."

오래지 않아 형은 깨달음을 얻었다. 제대로 입막음을 하려면 주먹 한번 쥐어 보이는 것보다는 공범자로 만드는 게 훨씬 더 효과적이다. 형은 혼자 사라지지 않고 쉴 만한 놀이터로 나를 이끄사 기쁨의 나라로 인도하였으니 곧 형형색색의 구슬과 동그란 딱지와 손으로 접어 만드는 커다란 딱지의 세계였다. 덕분에 음악적 감수성이 형성되는 대신 딱지와 구슬이 차곡차곡 쌓여갔다. 어머니가 사실을 아는 데에는 오래 걸리지 않았다. 어머니는 한바탕 야단을 치긴 했지만 더이상 우리를 피아노학원에 보내지 않았다. 그리하여 내 피아노 인생은 도레도레 미파미파, 어린이 바이엘 상권으로 끝나버렸다. 타고난 재능

이 없는데다가 음악적 훈련도 조기에 종료되었으니 음감이 개발되지 않았다는 얘기다.

중고등학교 시절 형이 가끔 집에서 기타를 치며 노래를 부를 때, 아는 노래가 나와서 따라 부르다보면 어느 틈엔가 기타 반주가 끊겼다. 형은 묘한 눈빛으로 나를 바라보며 이렇게 말하곤 하는 것이었다.

"노래가 아깝다. 나중에 너 혼자 있을 때 따로 불러라."

나도 알고 있다. 나는 음색이 좋은 편이 못 된다. 음역도 좁아서 고음은 올라가지 않고 저음은 내려가지 않는다. 성량마저도 상당히 빈약하다. 음악시간 실기시험 때 노래를 부르는 일은 항상 고역이었다.

중고등학교 육 년간 교회 성가대를 했던 것은 내게 음악적 자질이 없다는 사실을 확인하게 해주었을 뿐이다. 누구나 하겠다고만 하면 성가대에 들 수 있었다. 어여쁜 여학생들과 조금이라도 더 가깝게 지내고 싶어서 우르르 성가대로 몰려갔던 나와 내 친구들은 베이스라는 게 한 옥타브를 낮춰서 부르는 걸로 알고 있었던 아이들이었다. 성가대 지휘 선생님은 그나마 노래를 조금 하는 애들은 테너로, 영 안 되겠다 싶은 애들은 베이스로 나누었다. 나는 육 년 내내 부동의 베이스였다. 고등학교를 졸업한 뒤에 생각해보니 크리스마스 칸타타나 부활절 칸타타를 할 때면 독창 파트도 나오고 중창 파트도 나오기 마련인데, 함께 육 년간 성가대를 했던 동기들 중에서 그런 걸 해보지 못했던 사람은 나밖에 없었다. 다른 사람들 목소리에 묻히는 합창만 했던 것이다.

육 년이나 성가대를 했던 덕분에 9번 연주를 위한 코러스에 뒷돈을 대고서라도 비집고 들어갔으면 하는 소원도 가져볼 수 있었을 것이다. 하지만 또 육 년이나 성가대를 했던 탓에 그 소원은 소원이라기보다는 그저 공상이나 망상에 불과하다는 것도 뼈저리게 잘 알고 있었다.

어떤 남자애들이 베이스를 하는지 저도 잘 알지요. 육 년간 부동의 베이스였다고요? 저런.

어쨌든 자다가도 벌떡 일어날 정도로 9번을 좋아했다. 정말로 자다가 벌떡 일어나기도 했다. 재수 시절의 어느 날, 독서실에서 침을 흘리며 책상에 엎드려 자고 있었는데 귓가에 9번 4악장이 들려오는 것이었다. 처음에는 꿈인지 현실인지 구분하지 못하고 있다가 조금씩 현실감이 들면서 잠이 싹 달아나버렸다. 라디오 교육방송을 듣는 학생들을 위해 책상마다 이어폰 단자가 설치되어 있었다. 교육방송을 하지 않는 시간에는 가끔 사무실에서 음악을 틀어주기도 했다. 곡이 끝난 후 웬일로 이 긴 곡을 튼 걸까 의아해서 사무실에 갔다. 독서실 아저씨가 허허 웃으며 하시는 말씀.

"넌 그 곡 들으면 자다가도 벌떡 일어난다며? 정말 그런지 한번 틀어봤지."

친구들과 컵라면을 먹으면서 했던 잡담이었는데 그걸 기억하고 틀어주시다니. 이제 와서 생각해보면 누가 나를 위해 9번을 들려줬던 유일한 순간이었는데, 그때 나는 잠시 동안 조금만 고마워하고 말았을 뿐이다. 쯧쯧.

생애 처음으로

산 테이프는 바흐의 〈브란덴부르크 협주곡〉. 성음 레코드사에서 나온 클래식 크롬 테이프 시리즈 중 하나였다. 스테레오에다가 최신 돌비시스템으로 녹음된 그 시리즈의 테이프 커버를 기억한다. 하얀 바탕에 그림이 들어 있는 액자가 인쇄되어 있었다. 노란색의 도이치 그라모폰과 파란색의 데카 레이블. 한 주에 한두 개 정도 샀던가. 하나둘씩 늘어나는 하얀 테이프들을 책상 위에 가지런히 세워놓고 바라보는 것이 커다란 낙이었다.

나도 성음 테이프 많이 샀는데. 나란히 세워놓으면 참 예뻤죠.

충정로의 입시학원. 쉬는 시간에도 책에 코를 박고 공부하느라 여념이 없던 재수생, 삼수생들 틈에서 나는 모차르트를 들었다. 다른 곳에서는 몰라도 입시학원에서는 모차르트를 들어야 한다. 베토벤을 듣다보면 '이제 죽어라 공부해야지'라고 생각하게 될지도 모른다. 바흐를 듣다보면 '이제 성실하게 공부해야지'라고 생각하게 될 수도 있다. 하지만 모차르트를 듣다보면 이런 생각이 드는 것이었다. '그래, 너희들은 공부해라. 나는 하늘나라에서 노닐고 있으련다.'

그때 샀던 테이프 중에 〈피가로의 결혼〉도 있었으니, 후에 〈쇼생크 탈출〉을 보았을 때 학원에서의 아침이 떠올랐다. 교도소 하늘 위로 울려퍼지는 아리아 〈저녁 산들바람은 부드럽게〉. 이 세상의 것이 아닌 듯한 아름다운 노랫소리에 수인들은 그곳이 감옥이라는 것도 잠시 잊었을 것이다.

수업이 끝나는 오후시간이면 좁은 문으로 수천 명의 재수생과 수백 명의 삼수생과 장수생들이 한꺼번에 쏟아져나왔다. 어떤 친구들은 나오자마자 담배를 피워물고 당구장으로 향했다. 또 어떤 친구들은 여자친구를 만나러 종로나 대학로의 카페로 갔다. 당구도 못 치고 여자친구도 없는 친구들은 대부분 단과반이나 독서실로 가서 공부했다. 나는 그들과 다른 방향으로 발걸음을 옮겼다. 주머니에 돈이 조금 있는 날이면 극장에 갔다. 다른 날에는 광화문의 교보문고와 종로 2가의 종로서적, 그리고 그 사이에 있는 음악감상실 '르네상스'가 목적지였다.

'르네상스'에 있던 커다란 스피커와 오래된 낡은 소파를 기억한다. 긴 소파에 몸을 파묻고는 자는 건지 음악에 몰입한 건지 눈을 감고 있던 장발의 청년들도 떠오른다. 지휘라도 하듯이 음악에 맞춰 손을 흔들거나 머리를 흔드는 이들도 간혹 있었다. 거기 오는 청년들은 누구 할 것 없이 세상의 고민을 혼자서 짊어진 듯한 얼굴을 하고 있었다. 패기 넘치고 건실해 보이는 젊은이들은 거의 찾아볼 수 없었다. 또 찾아볼 수 없었던 이들이 있었으니, 예나 지금이나 예쁜 여자들은 참으로 현명하여서 그렇고 그런 군상들이 모여 있는 곳에는 절대로 모습을 보이지 않는 것이다.

그래서 내가 '르네상스' 같은 데엔 안 갔던 거로군요.

서대문에서 광화문 쪽으로 걸어가다보면 자주 불심검문에 걸렸다. 얼굴에 '사회불만세력'이라고 씌어 있기라도 한 것처럼 전경들은 매번 내 앞을 가로막았다. 입시학원 교재가 잔뜩 들어 있는 가방 속을 열어 보이는 것은 유쾌한 일이 아니었다.

수업중에 학원 안으로 최루탄 연기가 스며들어오기도 했다. 대형 시국사건이 터져서 신문에 전원 구속이니 뭐니 하는 굵은 활자가 여기저기 새겨진 날이면 우리는 집에 가서 이렇게 말했다.

"엄마, 내가 작년에 괜히 대학 갔으면 나도 데모하다가 잡혀갔을 텐데 내가 대학에 떨어진 덕분에 신문에도 나오지 않고 감옥에도 가지 않는 거잖아. 나 효자지?"

종로서적이 문을 닫으면, 영화가 끝나 극장 문을 나서면 하릴없이 밤거리를 돌아다녔다. 나는 혼자 다녔다. 극장으로 가는 길도, 광화문으로 종로로 가는 길도 항상 혼자였다. 이듬해에도 효자가 되고 싶지 않았던 친구들은 나처럼 매일같이 극장이며 서점 같은 데에 간답시고 시내를 쏘다니지 않았다. 가끔 종로 뒷골목에서 마주치기도 했던 진정한 효자 친구들은 술집이나 디스코텍으로 향했다. 나처럼 놀았던 재수생은 주변에 없었다. 밤거리를 쏘다니다가 집으로 돌아오는 길이면 애써 잊고 있었던 불안이 스멀거리며 올라왔다.

매일같이 볼륨을 커다랗게 높인 채 이어폰을 꽂고 다니던 어느 날, 귀가 아파오기 시작했다. 이어폰을 꽂고 플레이 버튼을 누르면 이내 통증이 생겼다. 귀에서 시작된 통증은 두통으로까지 이어졌다.

여러 날 동안 고생하다가 독립문에 있는 이비인후과를 찾았다. 나이 많은 의사는 귀에 염증이 생긴 거라고 말했다. 일주일에 두세 번 병원에 갔는데, 그때마다 의사는 나를 물끄러미 바라보다가 물어보곤 했다.

"코였던가?" "코였지?" "코는 좀 어떤가?"

"권데요." "귀예요." "귀라니깐요."

코 치료로 유명한 병원이었던 것인지 내 코가 의사의 연구열을 자극했는지 알 수 없는 일이었지만 어느 쪽이든 별로 신뢰가 가지 않아서 통증이 좀 줄어들자 병원에 가지 않았다.

그후에도 이어폰을 꽂으면 통증이 느껴졌다. 볼륨을 작게 해서 들어야 했고 그나마도 오래 들을 수 없었다. 그러던 중에 설상가상으로 워크맨을 잃어버렸다. 독서실에 놔두고 잠시 바람 쐬러 나갔다 온 사이에 누군가 들고 간 것이었다. 워크맨 안에는 〈마술피리〉가 들어 있었다. 마지막으로 산 성음 테이프였다. 데카레이블이었던 것으로 기억한다. 워크맨도 아까웠고, 몇 번 듣지 못한 〈마술피리〉도 아까웠다. 여름이 지나가고 있었다. 책상 위의 테이프들을 한쪽으로 치웠다. '르네상스'에도, 교보문고나 종로서적에도 발걸음을 끊었다. 계절이 두 번 지나도록 내내 외면했던 수험서들을 꺼내들었다.

그후로는 클래식 음악을 듣지 않고 지냈다. 대학에 가서 보니 의식 있는, 혹은 의식이 있어 보이는 대학생들은 대부분 클래식이 부르주아적인 거라고 여기고들 있었다. 이왕이면 의식 있는 대학생으로 보이고자 했던 나 역시 그렇게 여기는 척했다.

테이프를 사서 듣긴 했다. 레코드가게가 아니라 학교 앞 사회과학 서점에서. 테이프 케이스에는 음반회사의 레이블 대신 노래운동 단체의 이름이 붙어 있었다.

입학하자마자 가입했던 클래식기타 서클 '오르페우스'. 클래식기타
도 의당 부르주아적이라고 여겨야 하는 줄 알고 한 달 만에 그만두었
다. 꽃 피는 봄이 오면, 대학에 가면 기타를 치려고 비싼 수제품 기타
도 미리 사두었건만. 폼나게 기타를 들고 다니려고 까만 하드케이스
까지 사두었건만. 무엇보다도 '오르페우스'에는 예쁜 여학생들도 참
으로 많았건만. 쯧쯧쯧.

해볼 건 다 해보셨네요. 쯧쯧쯧은 무슨.

잃어버린 시간을 찾아서

80년대에 나왔던 학원사의 세계문학전집 시리즈 중 프루스트가 있
었다. 지금 봐도 제목 하나만큼은 근사해 보이니 갓 스물에는 얼마나
근사해 보였겠는가. 오직 그 때문에 사 읽었다.

이 책이 내 책장에서 사라진 지 꽤 오래되었다. 누군가 빌려간 뒤 돌
려받지 못했다. 예나 지금이나 우리 집에 오는 친구들 중에는 소설에
관심이 있는 친구가 거의 없는데 누가 빌려간 것인지 매우 궁금하다.

학원사 세계문학전집, 낱권으로 팔았죠. 프루스트. 기억나요. 조이스도 있었
죠. 포크너도.

K의 독서 이력은 나와 상당히 유사하다. 계몽사나 삼성당의 세계
명작전집으로 유년기의 독서가 시작되어서 계림문고와 딱따구리 그
레이트 북스를 거친 후에 장르를 불문한 잡다한 책들과 세계문학전집

으로 청소년기를 마감하고 사회과학 서적으로 이십대를 보낸 것이다.
삼십대엔? 어떤 책이라도 보거나 또는 아무 책이건 제대로 읽지 않았
겠지.

지금 내 책장에는 프루스트의 『잃어버린 시간을 찾아서』 열한 권이
가지런히 꽂혀 있다. 작년에 살까 말까 고민하다가, 인터넷 서점의 마
일리지도 제법 쌓였겠다, 요즘 말로 질러버리고 말았다. 표지 디자인
이 예쁜 열한 권의 책은 장식용으로도 꽤 훌륭하다. 그런 책은 기회가
있을 때마다 자랑해야 한다.

좋겠다. 저도 살까 말까 고민하다가 결국 사지 않았는데. 근데 다 읽었어요?

삼십대에 어떤 책이건 제대로 읽지 않았던 나는 솔직하게 대답했다.
"그럴 리가요. 앞으로도 안 읽을 것 같은데. 그 책은 구태여 읽지
않아도 꽂아놓고 가끔 쳐다보는 것만으로도 책값이 빠지는 그런 책이
죠."
사실대로 말하자면, 쳐다보는 것만으로 책값이 빠지는 것 같진 않
다. 정작 내가 책장에 두고 싶었던 책은 화려한 새 전집이 아니라 바
스락거리며 책장을 넘기다보면 어느 길모퉁이의 풍경이 되살아날 것
같은 손때 묻은 낡은 책 한 권이다. 한때 마음 저릿하게 읽었던 한 권
의 책을 옆에 둔다 해서 새삼 달라질 건 없지만, 다시 읽게 될 것 같
도 않지만, 그래도 그 낡디낡은 것이라도 곁에 두고 싶은 것이다.

저기 크루프스카야의 『레닌의 추억』처럼?

이십 년 전에 『리더스 다이제스트』에서 토스카니니의 9번이야말로 진정한 9번이라는 글을 읽은 적이 있다. 들어보고 싶었지만 당시에는 구할 수 없었다. 성음 시리즈에는 카라얀의 9번만 있었다.

그동안 다운받은 9번 중에는 토스카니니뿐 아니라 푸르트벵글러나 번스타인, 쿠벨리크 등 거장들의 명반이 수두룩하다. 갓 스물 때였다면 눈이 휘둥그레져서 열심히 들었겠지만 테너 솔로만 확인하고는 더이상 듣지 않았다. 명반이라 한다면 내게는 기억 속의 그 테이프만이 유일한 명반이다.

며칠 사이에 다른 9번 교향곡 몇 개를 더 다운받았다. 그중에도 내가 찾는 것은 없었다. 슬슬 포기하는 쪽으로 조금씩 마음이 기울어진다. 이십여 년 전의 마이너레이블이라면 그사이에 망했을 수도 있다. 그렇다면 그 음반이 더이상 나오지 않을 테니 아무리 찾아다녀봤자 구할 수 없다.

찾지 못한다 해도 뭐 어쩌겠는가. 더이상 필요하지 않을 거라 생각하여 내 손으로 버린 것이 어디 낡은 테이프 하나뿐이던가. 시간이 흐른 뒤에야 그게 아니었다는 걸 깨닫고는 어떻게든 되찾아보려고 애쓰지만 결국 찾지 못했던 것들이, 그리하여 그것이야말로 내 삶에서 가장 아름다운 것이었다고 곱씹게 되는 것들이 어디 옛날옛적의 9번 교향곡 하나뿐이겠는가.

K에게

기억 속의 9번 교향곡을 찾지 못했다고 말했다. K는 어린 시절에

듣던 테이프들이 아직도 집에 있지만 듣지 않는다고 말했다. 나는 K
의 말이 내가 한 말과 다르지 않다고 생각한다. 이제 더이상 테이프가
닳도록 9번 교향곡을 들을 일은 없는 것이다. K도, 나도.

  어쩌죠. 저는 그 테이프 다시 꺼냈는데……

생명의 전화

*

새벽 두시. 휴대폰이 울린다. 액정화면에 발신자표시제한이라고 나온다. 전화를 받을지 잠시 망설인다. 궁금함이 더 크다. 결국 휴대폰 플립을 열고 받게 된다. 전화를 건 사람은 말이 없다. 숨소리조차 들리지 않는다. 나도 아무 말도 하지 않는다. 긴장감이 감돈다. 어느 틈엔가 전화가 끊겼다는 걸 알아차린다. 한숨이 나온다.

이렇게 누구인지 알 수 없는 전화가 오는 밤이면 잠이 오지 않는다. 이런저런 생각들이 꼬리를 물고 머리를 어지럽히는 탓이다. 쓸데없는 생각들을 하지 않으려면 뭐라도 해야 한다. 인터넷에 접속해서 이런 저런 사이트들을 들락거리다보면 날이 밝아온다.

발신자가 표시되지 않게 전화하는 법은 간단하다. 먼저 특수기호와 숫자 *23#을 차례대로 입력한 뒤에 상대방 전화번호를 누르면 된다.

전화한 사람이 비방이나 욕설을 하지 않는 한 발신자가 누구인지 합법적으로 알아낼 수 있는 방법은 없다. 짐작이 가는 사람이 전혀 없는 것은 아니다. 두 사람이 떠오른다. 그러나 나는 그 둘의 연락처를 알지 못한다. 그러니 확인할 수 없다.

아무 말도 없이 끊을 작정이라면 금요일 밤이나 토요일 밤에 전화하는 게 최소한의 매너가 아닐까. 적어도 다음날 출근 걱정은 하지 않아도 될 테니 말이다.

*

어느 월요일 아침, 출근하는 중이었다. 지하철역에서 나와 사무실로 걸어가고 있는데 뭔가 조금 이상했다. 걸음을 멈추고 주위를 둘러보았다. 거리의 풍경은 여느 때와 다를 바 없었다. 도로는 자동차들로 꽉 차 있었고, 출근을 서두르는 사람들은 바삐 움직이고 있었다. 특별히 컨디션이 나쁜 것도 아니었다. 발걸음을 옮겼지만 몇 걸음도 되지 않아 또다시 뭔가 이상함을 느꼈다. 크게 숨을 한번 내쉬고는 눈을 감고 모든 신경을 모아 신체 어느 부분에서 신호가 오는 것인지 찾아보았다. 미미하지만 분명 평소와는 다른 상태를 느낄 수 있었다. 발이다. 발바닥이다. 발이 땅에 닿지 않는다. 보도블록의 딱딱한 감촉을 느낄 수 없다. 그러니까 나는 공중에 떠 있었다.

조심스럽게 눈을 떴다. 발아래를 살펴보았다. 내 발은, 까만 구두는 분명 보도블록과 맞닿아 있었다. 양쪽 발을 하나씩 살펴봤지만 틀림없이 나는 땅바닥을 딛고 서 있다. 그런데 땅바닥이, 중력이 느껴지지 않는 것이었다.

혹시 만원 지하철에 시달렸던 때문인가. 사람들로 꽉 차 미어터질 때 이리저리 휩쓸리다보면 살짝 허공에 뜨는 경우도 있으니 몸이 그 느낌에서 벗어나지 못하고 있는 것일까도 싶었다. 그러나 그런 경우라 해도 중력을 느끼지 못하는 것은 아니다. 그것과는 명백히 다른 느낌이다.

허공에 붕 떠 있는 듯한 적이 없었던 것은 아니다. 수면제를 먹고도 잠을 이루지 못하다가 아침이 되어 출근했던 날이었다. 부작용 탓인지 도저히 업무를 볼 수 없을 정도로 멍한 상태였는데 마치 몸이 허공에 떠 있는 것 같았다. 그때의 느낌과도 판이하게 다르다. 그리고 그 이후로는 수면제를 먹지 않는다. 지난밤에 잠을 못 잔 것도 아니다. 나는 지금 매우 명징한 상태다. 머릿속은 맑다. 신체의 감각은, 중력에 대한 이상한 느낌 외에는, 모두 정상적이다.

다시 주위를 살펴보았다. 매일 보던 것과 다르지 않았다. 혹시나 하고 쳐다본 하늘에 UFO 같은 건 보이지 않았다. 뭐가 어찌되었건 회의 시간에 늦지 않기 위해서는 뛰어야 했다. 몇 분 동안 뛰어가면서 나는 물 위를 걸어갔다는 예수의 이야기가 거짓이 아님을 확신했다. 물 위를 뛴다면 이런 느낌일 것이다.

뜬금없이 오래전에 읽었던 소설이 떠올랐다. 어느 날 아침 눈을 떠보니 벌레로 변해 있더라는 카프카의 『변신』. 고등학교 시절 나는 그 소설을 도무지 이해할 수 없었다. 어떻게 하루아침에 사람이 벌레로 변한다는 말인가. 그리고 또 어떻게 가족들이 그걸 알아차릴 수 있다는 말인가. 게다가 나중에는 아무렇지도 않게 내다버린다니. 그 모든 이야기가 왜 필요한 것인지 알지 못했다. 현대사회에서의 인간의 소외 비슷한 걸 의미한다고? 그냥 인간의 소외에 대한 이야기를 쓰면 될 일이다. 벌레로 변했다면 그건 이미 인간이 아닌 벌레고, 우리는 인간이므로 벌레의 소외에 관심을 기울일 필요가 없다고 독후감을 작성했다가 국어 선생에게 쥐어박히기만 했다. 그러나 이제는 알 수 있다. 그레고르 잠자가 벌레가 된 것은 비유도, 상징도, 환타지도 아니다. 어느 날 아침 출근길에 인간이 갑자기 공중에 뜰 수도 있는 거라면 인간이 벌레가 되는 것이 말이 되지 않을 이유가 없다. 사람이란 어느 날 아침에 갑자기 벌레가 될 수도 있다. 그리고 사람이란 어느 날 아침에 갑자기 땅에서 조금 떠 있을 수도 있다. 그러다가 날아가버릴 수도 있을 것이다. 날개 달린 벌레처럼.

*

여러 날이 지났다. 몸이 떠 있는 느낌은 좀처럼 사라지지 않았다. 발은 분명 땅에 붙어 있는 것처럼 보이지만 그거야말로 착시 현상이다. 나는 허공에 떠 있다. 굳이 수치를 말하자면 일이 센티미터쯤?

그 정도 떠 있다 해서 일상생활에 지장이 있는 것은 아니다. 몸을 움직이는 데에는 아무런 문제가 없다. 그래도 계속 이렇게 허공에 뜬 채로 살아갈 수는 없는 노릇이다. 도대체 이게 무슨 일인가 싶어 다른 사람들에게 물어보았다.

우리 팀의 고지식한 김대리는 "본드 분 것도 아니고 마약 한 것도 아니라면 몸이 떠 있는 느낌이 들 리가 없죠. 전 그런 적 없어요"라고 말했다.

영업부 박대리는 "공중에 떠 있는 것 같은 느낌이요? 그럼요. 요즘도 자주 느끼죠. 전 술만 마시면 그래요. 어제도 밤새 떠 있었어요. 아, 술자리 줄여야 되는데"라고 말했다. 말로만 그러지 말고 우리 팀 회식자리에 기웃거리지나 말라고 말해주었다.

서른 넘은 미혼의 최대리는 "네? 허공에 뜨는 느낌이요? 팀장님, 그게 저……"라고 말끝을 흐리며 얼굴을 살짝 붉혔다. 이상한 데로 생각이 미쳤나보다.

"난 아직 공중부양이 어떤 느낌인지 몰라. 나중에 수련이 깊어지면 혹시 어떨지 모르겠다. 그 느낌만이라도 알 수 있었으면 좋겠어. 내 꿈이야. 더욱더 정진해야지."

심각한 표정으로 이렇게 말한 사람은 요즘 명상에 심취한 박과장이다. 틈만 나면 나보고 같이 가자고 하는 친구라 괜히 물어봤다 싶었는데, 때마침 지나가던 총무부 한과장이 끼어들었다.

"공중부양? 에이, 그거 다 뻥이야. 얼마 전에 티브이에서 다큐 하는 거 봤는데, 죄다 카메라 조작이거나 눈속임이더라."

"우리 눈에 보이지 않는다 해서 그게 존재하지 않는 건 아니야."

"이 사람 참. 요가 하는 사람들 공중부양하는 것처럼 보이는 사진 있잖아. 그것도 다 사기야. 지팡이에 붙어 있는 받침대를 긴 옷자락으로 가리고 앉아 있더만. 다른 것들도 다 사진 합성이야. 할 수 있다고 소문난 사람들은 다 사기꾼들이고. 그리고 옛날 기록을 어떻게 믿어? 20세기만 놓고 봐도 공중부양하는 사람이 한 명이라도 있었다면 분명히 영상으로 남아 있을 거 아냐. 숨어서 수련했다고 해도 제자라도

있을 거 아냐. 누구 한 명쯤은 나왔겠지. 근데 아무도 없잖아. 그럼 없
는 거야."

"아, 그렇지 않다니까."

확실히 아직 수련이 부족한지 박과장의 얼굴이 달아올랐다. 나는
얼른 한과장을 데리고 밖으로 나가야 했다.

내 몸에서 일어나는 현상이 혹시 공중부양과 관련된 것인가 싶어서
인터넷으로 검색해보았다. 동서고금을 막론하고 허공에 뜬 사람은 적
지 않았고 심지어 날아다닌 사람들도 있었다. 그런데 그 기록들이 사
실이든 거짓이든 간에 공중에 떴다고 기록된 사람들 중에 평범한 사
람은 아무도 없었다. 모두 성직자거나 수행자였다. 그런데 나는 수행
같은 것과는 거리가 먼 사람이다. 종교도 없다. 나 같은 보통 사람이
어느 날 갑자기 허공에 떠올랐다는 기록은 어디에도 없었다.

나중에는 병원에 가서 종합검진을 받아보기도 했다. 아무 이상도
없었다. 다만 충치 치료는 받아야 했다. 이게 마지막이라고 생각하며
가본 정신과에서 의사는 이렇게 말했다.

"울증 증세가 있으시네요. 스트레스 때문일 겁니다. 가급적 마음을
편히 가져보세요. 바쁘시겠지만 운동도 좀 해보시면 좋겠네요. 일단
그렇게 지내보시고 전혀 효과가 없으면 다시 오세요. 그때 투약을 해
보도록 하지요."

나는 피식 웃었다. 예전에 처음으로 정신과 상담을 받을 때에 의사
에게 들었던 이야기와 다르지 않았다. 프로작 같은 항우울제도 모든
사람에게 효과가 있는 건 아니다. 가령 나 같은 사람에게는 소용이 없
다. 프로작을 먹었더니 오히려 무기력증이 더 심해졌고, 그에 따라 울

증도 더 심해졌다. 내 경우 항우울제 복용의 유일한 긍정적인 효과는 약을 먹기 전의 상태가 최악이 아니라는 걸 깨닫게 했다는 것이다.

괜히 정신과 의사를 찾느니 차라리 네이버 지식인에 질문을 올려놓고 답변들을 읽어보는 게 나을지도 모른다. 적어도 돈을 내지는 않으니까. 그리고 읽다보면 가끔 어이없는 답변들이 나와 잠시 웃게 해주기도 한다.

*

그녀의 닉네임은 파니. 나이는 나와 같은 서른여덟. 인터넷 채팅 사이트에서 본 그녀의 아바타로부터 알 수 있는 것은 그게 전부였다. 공중에 떠 있는 느낌을, 그러니까 걷고 있는데 발이 땅에 닿지 않는 느낌을 혹시 아느냐고 쪽지를 보냈다. 이런 쪽지를 보내면 아무 대답이 없는 경우가 대부분이고 드물게 대답이 올 때에도 "몰라요" 정도가 고작이다. 별 이상한 놈이 다 있군, 하는 투다. 대답이 없기에 컴퓨터를 끄려고 할 때에 모니터 한쪽 귀퉁이에 쪽지 창이 떴다.

—언제부터 그랬나요?

—몇 달 전부터요. 근데 그 느낌을 알아요?

—저는 몇 년 되었어요.

나는 모니터 앞으로 바짝 다가앉았다.

—그게 왜 그런 건지 알아요?

—그게, 마음이 허하면 그렇게 되는 것 같아요.

—말도 안 돼요. 마음이 허하다고 해서 몸이 왜 공중으로 떠올라

요?

　—몸의 병은 다 마음의 병이에요. 마음이 비면 몸도 비게 되는 거예요. 몸이 비면 가벼워지잖아요. 점점 가벼워지다가 결국에는 떠오르게 되는 거죠.

　—실제로 떠 있는 거라고요? 우리 몸이 착각하고 있는 거 아닌가요? 가령 전정기관에 이상이 생겼다거나……

　—더 두고 보면 알게 되겠죠.

　—아니, 설사 그렇다 쳐도 요즘 세상에 마음이 허하지 않은 사람이 어딨어요. 다른 사람들은 멀쩡하게 다니는데 왜 나만 떠올라요?

　—그거야 본인이 더 잘 알지 않을까요?

　파니는 내일 아침 일찍 일어나야 한다며 접속을 끊고 나갔다. 나는 놀림을 받은 건지, 아니면 진짜로 나 같은 사람을 만난 건지 분간이 되지 않았다.

*

　회사 분위기가 뒤숭숭했다. 명예퇴직 신청을 받는다는 공고가 나붙은 탓이었다. 박과장은 이제야 비로소 떠 있는 기분이 뭔지 알 것 같다며 굳이 공중부양을 하려고 수련할 필요는 없다고 농을 던졌다. 농담이 농담으로 들리지 않았다. 그는 이미 사전에 퇴직 권고를 받은 모양이었다. 유능하면 유능한 대로 이리저리 직장을 옮기고, 무능하면 무능한 대로 여기저기서 잘리면서 직장을 옮기게 되는 요즘 같은 때에 회사 생활을 하는 사람이라면 공중에 떠 있는 느낌이 드는 게 당연

한 것인지도 모른다.

조직 사회 속에서 개인의 능력 차이는 두드러지게 나타나지 않는다. 몇몇을 제외하면 고만고만한 사람들뿐이다. 해고의 기준이란 결국 평소의 인간관계라는 얘기다. 자기 계발 한답시고 외국어학원에도 다녀보았고, 운동을 한답시고 헬스클럽에서 딱딱한 쇠붙이들을 붙잡아도 보았지만 다 소용없다. 웰빙이니 뭐니 떠들어대는 얘기는 여유 있는 부르주아의 시간 때우기일 따름이다. 아무 생각 없이 출근해서, 아무 생각 없이 일하다가, 아무 생각 없이 퇴근해서, 아무 생각 없이 티브이를 보다가, 아무 생각 없이 잠드는 게 샐러리맨의 웰빙이다.

운동 같은 건 시간 낭비다. 몸은 노화한다. 건강하게 오래 살고 싶으면 머리 쓰는 일을 피하고, 적게 먹고, 몸을 움직이지 말아야 한다. 사람들을 만나는 것도 그리 좋은 일은 아니다. 술이란 건 많이 마시면 몸에 해롭고, 적당히 마시면 정신건강에 해롭다. 취하지 않은 어정쩡한 상태에서 불 꺼진 집으로 혼자 터덜터덜 걸어 돌아오는 길은 쓸쓸하기 이를 데 없으니 말이다. 그걸 피하기 위해 취할 때까지 마시면 출근길이 힘들다.

생각을 가지고 살아가기에는 피곤한 세상이다. 하지만 아무리 생각 없이 살아가려 해도 생각이라는 것은 의지와는 별개로 자기 멋대로 자기 반복, 자기 증식을 끝도 없이 해대면서 머릿속을 헤집고 돌아다닌다. 그런 밤에는 잠이 오지 않는다. 수면제도 소용이 없다. 수면제로 효과를 볼 수 있는 사람이라 해도 오래가지 않아 중독되는 경우가 다반사이다. 한번 중독되면 벗어나는 게 쉽지 않다. 그리고 수면제를 먹어도 잠을 이루지 못하는 날이면 부작용만 커진다. 일상생활을 하기 곤란할 정도로 멍한 상태가 되는 것이다. 항우울제도 모든 사람에게 효과가 있는 게 아니라고 말했던가. 가만히 있어도, 발버둥을 쳐봐도 삶은 조금씩 조금씩 나빠지기만 한다. 어디까지 나빠질 수 있는지, 우리는 그 밑바닥을 짐작조차 할 수 없다.

*

보름여 만에 채팅 사이트에서 파니를 다시 볼 수 있었다. 거두절미하고 그녀에게 쪽지를 보냈다.

—우리 만나지 않을래요?

—지금?

—네. 지금요.

*

파니는 서른여덟의 나이로는 보이지 않았다. 어찌 보면 그보다 많이 어려 보였고 또 어찌 보면 그보다 많아 보이기도 했다. 나는 파니의 삶을 알지 못하지만, 평균적인 삶은 아닐 거라고 추측했다. 평균적인 삶을 살아가는 사람들은 대체로 자기 나이와 비슷한 얼굴로 살아가니까. 나는 파니에게 어려 보인다고만 말해주었다.

"닉네임은 왜 파니로 한 거야?"

"파니펑크로 하려 했는데 다른 사람이 이미 쓰고 있는 아이디여서 파니로 한 거야. 그 영화, 원제가 뭔지 알아?"

64

"뭔데?"

"Keiner liebt mich. 아무도 날 사랑하지 않아. 바로 내 얘기거든."

"아니, 그건 내 얘긴데."

아무도 파니를 사랑하지 않는 것은 아닐 것이다. 또 아무도 나를 사랑하지 않는 것은 아닐 것이다. 다만 그 사람이 우리가 바라는 사람이 아니기에 우리는 아무도 우리를 사랑하지 않는다고 생각할 수밖에 없다. 우리는 결코 아무하고나 사랑할 수 없다. 아무하고나 결혼할 수 없다. 누구나 저마다의 기준이 있다. 그것이 눈에 보이는 것이든, 그렇지 않든 간에 그 기준에 부합하는 사람이어야만 비로소 그 아무에 속하게 된다. 그리하여 결국 아무도 우리를 사랑하지 않는다. 사랑에 관한 한 우리의 마음은 우리의 의지대로 되는 것이 아니어서 우리조차도 결코 서로 사랑하게 되지 않기 때문이다.

"남자는 여자하고 또 다르지."

"뭐가?"

"그 영화에 서른이 넘은 여자가 남자를 만나는 건 원자폭탄 맞는 것보다도 어렵다는 대사가 나오지. 그럴 수밖에 없는 게, 내가 만날 수 있는 나이의 남자들은 나보다 훨씬 어린 여자들만 찾아다니잖아."

"나이가 무슨 상관이야."

"너는 상관없어?"

나는 솔직하게 대답했다.

"그럼. 나이야 숫자에 불과한 거야. 상관없지. 예쁘기만 하면 돼."

오래된 엘피판들이 가득한 술집에는 손님이 거의 없었다. 우리 말고는 대학생으로 보이는 젊은 커플이 한 자리를 차지하고 앉아 있었다. 그들이 밝은 목소리로 주고받는 이야기가 고스란히 들렸다. 우리의 대화는 작은 목소리로 띄엄띄엄 이어졌다.

파니가 물었다.

"마지막으로 연애한 게 언제야?"

"한 이 년 지났지."

"마지막으로 섹스한 건?"

"민간인이랑 한 건, 그것도 한 이 년 지난 것 같다."

"애인하고?"

나는 대답하지 못했다.

*

술집에서 나온 뒤, 우리 집으로 가자고 했더니 파니는 고개를 저었다.

"그냥 여관으로 가."

*

파니의 몸은 마른 이파리 같았다. 닿는 곳마다 부서질 듯 바삭거렸다. 내 몸놀림이 빨라지자 그녀는 움직임을 멈추고 내 몸을 밀어냈다. 파니는 일어나 앉아 담배를 찾아 피웠다. 달빛일까. 아니, 네온사인이겠지. 창문으로 새어들어오는 희미한 빛에 파니의 얼굴 윤곽이 드러났다. 너울거리며 날아가는 하얀 담배연기가 파니의 실루엣을 감쌌다.

"요즘도 발이 땅에서 떠 있는 것 같아?"

"응."

파니는 혀를 찼다.

"어떡하니?"

"사돈 남 말하네. 너는 언제부터 그랬는데?"

"몇 년 전부터."

"지금도?"

"해가 가면서 조금씩 높아져. 매년 일이 센티쯤? 그래서 지금은 십 센티쯤 떠 있는 것 같아."

파니의 손끝에서 담배연기가 피어오르고 있었다. 담배를 든 손으로 십 센티 정도의 거리를 재어 보이는 바람에 하얀 재가 바닥으로 툭 떨어졌다. 그녀는 아랑곳하지 않고 말을 이었다.

"허공으로 떠오르는 건 어른이 되려고 그러는 거야. 영혼이랄지, 마음이랄지, 정신이랄지, 어쨌든 그 비슷한 게 마지막으로 신호를 보내는 게 아닐까 싶어. 일종의 경고지. 이제는 정말 땅에 뿌리를 내릴 때라고 말이야. 그 경고를 무시하거나, 알아차린다 해도 아무것도 할 수 없는 사람들은 결국 어디론가 날아가게 되는 거야. 사라져버리는 거지."

파니는 갑자기 킥킥대다가 말을 이었다.

"운이 아주 좋은 사람은 네버랜드로 갈 수도 있겠다. 그런 데 가서 피터 팬이랑 놀면 그것도 좋지 않을까?"

나도 웃음이 나왔다.

"네버랜드는 섹스 없는 세상인가? 아니면 미성년자들끼리 섹스하는 세상이야? 그렇다면 가볼 만하겠다."

파니는 눈을 흘겼다.

"생각하는 거라고는. 어쨌든 친구 중에 그렇게 사라져버린 애가 있어. 일 센티가 십 센티가 되는 데에는 여러 해가 걸리지만 거기에서 갑자기 날아오르는 건 금방이야."

십 센티쯤 떠 있다는 파니의 몸은 침대에 맞닿아 있었다. 파니는 담배를 끄고 내게 키스했다. 내가 담배 냄새가 난다며 고개를 뒤로 젖히자 그녀는 웃으며 내 위로 올라왔다. 파니의 말은 거짓이 아니었다. 그녀는 새털처럼 가벼웠다. 금방이라도 담배연기를 따라서 날아가버릴 것만 같았다.

*

거리를 온통 하얗게 뒤덮을 정도로 솜털 종자들이 흩날린다. 저들 중에서 극히 일부만이 뿌리를 내릴 수 있다. 때가 되면 좋은 곳에 자리를 잡고 뿌리를 내려야 한다. 그렇게 하지 못하면 내내 떠다니다가 자신의 시절을 잃어버리고 흔적도 없이 사라진다.

나는 본격적으로 맞선을 보기 시작했다. 주말마다 호텔 커피숍으로 나갔다. 때로는 요즘의 트렌드를 따라 평일 점심시간을 이용해 회사 부근에서 만나기도 했다. 열 번쯤 나갔을 때 나는 제일 처음에 나왔던 여자가 가장 괜찮은 사람이라는 걸 깨달았다. 교사라는 직업도 좋은 조건이지만 사람도 딱히 흠잡을 만한 데가 없었다. 다만 아무 느낌도 들지 않는다는 게 문제라면 문제였다. 맞선을 보면서 사랑 같은 거창한 감정을 기대한 건 아니다. 하지만 하룻밤 사랑도 아니고 결혼을 위해 만나보는 것인데 단순한 호감 외에도 플러스알파의 감정이 더 있어야 하지 않겠는가.

플러스알파의 감정은 상황에 따라, 상태에 따라 솟아날 수도 있다. 그만한 사람이 또 나오기 쉽지 않을 거라고 생각하자마자 플러스알파 비슷한 감정이 생겼다. 그래서 다시 연락해보았다. 그녀는 요즘 바빠서 안 된다며 나중에 시간이 나면 연락하겠다고 말했다. 예의를 차린 거절이다. 처음 만났을 때 내가 자신을 그리 탐탁지 않게 여겼다는 것을 알아차렸을지도 모른다. 혹은 그사이에 누군가를 만났는지도 모르고, 내가 마음에 들지 않았는지도 모른다. 어떤 경우든 결과는 같지만, 처음부터 잘했으면 조금 달라졌을 것도 같다. 나는 항상 뒤늦게야 알아차리게 된다. 알아차리게 될 바에는 처음부터 알고 있어야 한다. 그리고 모를 바에는 내내 모르는 게 낫다.

나는 파니를 생각했다. 그녀라면 어떨까. 그러니까 처음 만난 남자와 같이 자는 여자와 결혼하는 건 어떨까. 처음 만난 여자와 같이 잔 남자가 그 여자에 대해서 이렇게 저울질하는 게 온당한 것이냐 묻는다면 나는 할 말이 없다. 다행히도 그 대답은 누군가 이미 했다. 남자는 다 그렇다고.

*

온라인에서 파니를 만났을 때 넌지시 물어보았다.

―우리 계속 만나면 어떨까.

파니는 조금도 고민하지 않고 곧바로 대답했다.

―자기는 내 타입이 아니야.

약간 미안했던지 잠시 후 쪽지가 또 날아왔다.

―풍선 두 개 묶어놓아봤자 날아가버리는 건 마찬가지야.

*

재미없는 영화들, 몇 해 전의 드라마들, 여러 채널에서 재방송되는 오락 프로그램들, 지루한 골프, 잔인한 프라이드, 모르는 선수들이 나오는 테니스, 이제는 전혀 흥미를 끌지 못하는 애니메이션, 연예인들의 사생활을 캐는 추적 프로그램, 일반인들의 사생활을 캐는 재연 프로그램들. 어느 한 곳 눈길을 줄 만한 데를 찾지 못하고 채널만 돌리다가 티브이를 끄고 리모컨을 내려놓는다. 채널이 수십 개가 넘지만 볼 만한 게 없다. 하루 종일 티브이만 보는 게 소원이었던 적도 있었다. 티브이 채널이라고는 서너 개가 고작이던 시절의 얘기다.

휴대폰에 저장된 번호 목록을 하나하나 살펴본다. 백여 명이나 등록되어 있지만 전화할 만한 곳이 없다. 목소리라도 듣고 싶은 사람이 있다면 발신자표시제한으로라도 전화했을 것이다. 그러나 휴대폰에 등록된 사람들 중에는 그러고 싶은 이가 없다. 누군가에게 전화를 걸어 길게 통화할 수 있었던 시절도 있었다. 그때 알고 있는 전화번호는 몇 개 되지도 않았다.

앞으로 더 나빠질 것이다. 반가운 번호들은 하나둘씩 사라져갈 테고 무의미한 번호들만 계속해서 등록될 것이다. 그러다보면 파니처럼 십 센티까지 떠오를지도 모르고 또 그러다보면 파니의 친구처럼 사라져버릴지도 모른다.

*

새벽 세시. 휴대폰 벨소리가 울린다. 휴대폰 액정을 보니 또 발신자표시제한이다. 잠시 망설이지만 결국은 받고야 만다.

"여보세요."

수화기 너머에서 말소리가 들렸다. 의외였다. 전화를 건 사람이 파니라는 것도 의외였다.

"이 시간에 웬일이야?"

"그냥 해봤어. 받아서 다행이다. 끊지 마. 네가 끊어버리면 나는 날아가버릴지도 몰라."

"발신자표시제한은 또 뭐야?"

"자느라 전화 안 받을 수도 있는데 증거를 남겨두면 곤란하잖아."

"날아가버릴 사람이 무슨 증거 걱정을 다 해."

"날아가버릴지도 모르니까 더욱 증거를 남기면 안 되는 거야."

"지금이 어디 그냥 전화할 시간이야? 무슨 일 있어?"

"아무 일도 없어. 아무 일도 없다는 게 문제라면 문제일 거야. 거기도 바람 많이 불어? 무슨 바람이 이렇게 불어? 여기는 바람 소리가 너무 크게 들려."

우리 동네는 바람이 불지 않았다. 그것도 문제라면 문제다. 후드득

거리며 창문을 때리는 빗소리가 문제라 생각하는 사람들은 화창한 날이 되면 이번에는 지나치게 화사한 햇빛이 문제라고 생각한다.

"너, 생명의 전화 알아?"

"그게 뭔데?"

"사람들이 전화할 데 없으면 전화하는 데야. 특히나 이런 시간에 말이지."

"그런 데가 다 있어?"

"날아가버릴지도 모르는 사람들이 전화하면 얘기 잘 들어준대. 내가 하도 전화할 데가 없어서 거기에 전화해봤거든. 근데 그것도 다 되는 사람만 되는 건가봐. 통화량이 많다며 연결이 안 돼."

"대체 무슨 일인데?"

"아무 일도 아니라니까. 그냥 끊지나 마. 나한테는 지금 너랑 통화하는 게 생명의 전화야."

바스락거리는 소리, 후 하며 길게 숨을 내뱉는 소리. 파니는 담배를 찾아 피웠다.

"우울해. 사는 게 참 힘들다."

"맞아. 나도 너무 힘들어."

딴에는 위로한답시고, 또 한편으로는 진심을 담아 말했지만 파니는 아무 대꾸도 하지 않았다. 슬슬 출근 걱정이 들기 시작할 무렵 파니는 한숨을 섞어 말했다.

"너랑 자는 게 아니었나봐."

파니는 내 대답을 기다리지 않고 전화를 끊었다. 다시 전화해봤지만 전화기가 꺼져 있어서 받을 수 없다는 메시지가 들려왔다.

*

열다섯번째의 맞선. 상대는 나보다 한 살이 어렸다. 말수가 적다는 게 마음에 들었다. 플러스알파의 감정은 들지 않았다. 그러나 그냥 보낸다면 그때는 플러스알파의 감정이 들 것 같은 사람이었다.

그 사람은 애프터 신청을 거절하지 않았다. 극장에 가서 영화를 봤다. 손을 잡았다. 별다른 느낌이 없었다. 같이 술을 마셨다. 집으로 바래다주면서 키스를 했다. 별다른 느낌이 없었다. 그 외에는 그 사람과 결혼하지 않을 이유가 없었다. 동년배의 남자들이 젊은 여자들만 원했던 덕분인지 그 사람 또한 나와 결혼하지 않을 이유를 찾지 못했던 것 같다. 그리하여 양가 부모님께 인사를 드렸다. 같이 잤다. 역시 별다른 느낌이 없었다. 양가 부모님들이 만났다. 그리고 결혼 날짜를 잡았다.

결혼이 가까워질수록 알 수 있었다. 나는 아내가 될 사람을 사랑하지 않는다. 그리고 또 알 수 있었다. 그 사람 또한 절실하게 나를 원하는 것은 아니었다. 그러나 우리는 서로에게 필요한 것을 줄 수 있을지도 모른다. 남들처럼. 그러다가 혹시 운이 좋으면 남부럽지 않게.

*

새벽 네시. 휴대폰이 울린다. 발신자표시제한 번호다. 파니일까. 다른 사람일까.

파니 이전에 마지막으로 같이 잤던 여자는 애인이 아니었다. 애인의 가장 가까운 친구였다. 둘은 여러 모로 달랐다. 애인은 세련된 스타일이었고 친구는 얌전한 쪽에 가까웠다. 애인이 말싸움에 절대로 지지 않는 스타일이라면 친구는 말싸움 자체를 피하는 쪽이었다. 누가 데려갈지 몰라도 참 복받은 남자라는 진반 농반의 이야기를 던지곤 했다.

셋이 같이 보기로 했던 어느 날 애인은 회사 일 때문에 늦는다며 나오지 못했고 친구와 둘이서 애인을 기다리며 술을 마시게 되었다. 이런저런 이야기 끝에 왜 좋은 나이에 연애도 안 하고 있느냐, 좋아하는 사람은 없느냐, 따위의 이야기가 나오게 되었고 친구는 얼굴을 붉혔다. 나는 계속 말했다. 짝사랑하는 사람이 있으면 그냥 말해버려라, 말 안 하고 후회하는 것보다는 말 하고 잊어버리는 게 백번 낫다, 그러다가 한 번씩 짓궂게 추궁하곤 했다. 그런데 그 사람이 대체 누구냐.

짓궂음이란 경계 위로 줄타기하는 것이다. 악의가 깃든 짓궂음은 관계를 허물고 악의 없는 짓궂음은 경계를 허문다. 가볍게 약을 올리는 행위는 가벼운 복수심을 유발하며 가벼운 복수심은 관심의 정도를 깊어지게 한다. 악의의 유무를 판단하는 건 짓궂음을 받아주는 사람이다. 애인은 짓궂게 놀려댈 만한 사람이 아니었다. 되로 주면 말로 받게 된다. 웃자고 던진 말이 다툼의 불씨가 되어 되돌아온다. 친구는 그렇지 않았다. 복수는커녕 어쩔 줄 몰라하는 모습에 자꾸 짓궂은 농지거리를 던지게 되었다.

친구의 얼굴은 더욱 발갛게 물들어갔다. 말이란 귀를 통해 알 수 있는 대화고, 몸짓이나 눈짓은 눈으로 보아 알 수 있는 대화다. 그리고 또 우리는 눈으로 보지 못하고 귀로 듣지 못한다 해도 대화를 나눌 수 있다. 말없이 술잔만 만지작거리는 친구의 손가락이, 바닥을 향하고 있는 시선이 건네는 말들이 있다. 어느 한순간 불현듯 상대방이 생각하는 것, 밝히고 싶어하지 않는 것이 고스란히 전해졌다.

왜 그랬냐고 묻는다면 아무 할 말이 없다. 술을 많이 마시긴 했지만 술 탓이 아니었다. 키스만으로 끝났다면 술에 취한 탓이라 할 수도 있을 것이다. 그러나 집에 가겠다는 친구를 붙들고 2차를 가야 한다며 걸어가다가 그녀를 여관으로 이끈 것마저 술에 취한 탓으로 돌릴 수는 없다. 친구를 사랑한 거였냐 물어도 아무 할 말이 없다. 호감이 있긴 했지만, 그 잠깐 동안만큼은 그녀에 대해 애틋한 마음이 들었던 것도 사실이지만, 사랑했다 할 만큼 절실한 감정은 아니었다. 내가 사랑한 사람은 애인이었다. 문제는 내가 그 사실을, 친구와 같이 잔 다음에야, 그리고 애인이 그 사실을 알게 된 다음에야 비로소 그 어느 때보다도 가장 절절하게 깨달았다는 것이다. 원래 그런 인간이냐 물어도 아무 할 말이 없다. 원래부터 그런 인간은 아니었다 생각하지만 그때만큼은 그런 인간이 아니었다 할 수 없으니 말이다.

우리는 그때 결혼을 앞두고 있었다. 청첩장까지 돌린 상태였다. 술에 취해 저지른 단 한 번의 실수였다고 강변했지만 애인은 나를 용서하지 않았다. 만일 애인이 결혼 직전에 내 가장 친한 친구와 같이 잤다면 용서할 수 있겠느냐고 묻는다면 아무 할 말이 없다. 다만 나는 지나치게 묵직한 도덕의식을 지닌, 그리고 그에 비해서는 지나치게 가벼운 입을 가진 친구를 원망하고 또 원망했을 뿐이다. 그녀에게 무어라 말했는지 기억나지 않는다. 다시는 입에 담고 싶지 않은 험한 말들 뿐이었다. 그렁그렁한 눈으로 겁에 질린 채 나를 바라보던 친구의 얼굴이 잊혀지지 않는다.

매사 확실한 성격이었던 애인은 스무 평 신혼집에 들여놓았던 가구들을 모두 가져갔다. 나는 그때 신혼집에 미리 들어가서 지내고 있던 중이었다. 퇴근해서 아파트 문을 열고 들어가 불을 켜니 집 안에 아무것도 없었다. 마치 영화의 한 장면 같았다. 자그마한 빨간 소파도, 갈색의 푹신한 카펫도, 베이지색의 두꺼운 커튼도 모두 사라졌다. 앤티크 풍의 장롱도, 안락하기 이를 데 없었던 퀸 사이즈의 침대도, 지나치게 큰 게 아닌가 싶었던 화장대도 사라졌다. 세탁기도, 냉장고도 사라졌다. 찻잔도, 그릇도, 냄비도, 일일이 열거할 수 없을 정도로 수많은 것들이 일순간에 사라졌다. 그리고 또 애인도 사라졌다. 친구도 사라졌다. 더불어 서른 몇 해 동안 조금씩 쌓여왔던 내 주변의 많은 것들이 일순간에 사라졌다.

그녀는 친구를 용서했을까. 아니, 그런 건 이제 궁금하지 않다.

나는 전화를 받지 않았다.

*

결혼에 실패하는 사람들에게는 공통점이 있다. 그들은 모두 행복한 결혼을 꿈꾸었다. 그 때문에 실패한 것이다. 바라는 바가 많지 않다면, 그러니까 행복 따위는 기대하지 않는다면 혼자 사는 것보다 결혼하는 것이 낫다. 인간이란 자신에게 결핍되어 있는 것들을 더 중요하게 생각하기 마련이다. 남의 떡은 항상 커 보인다. 그리하여 혼자 살 때에는 같이 사는 것을 꿈꾸고, 누군가와 같이 지낼 때에는 혼자 있고 싶어한다.

결혼을 해도 후회하고 하지 않아도 후회한다면 하고 나서 후회하는 것이 낫다. 어차피 순수한 만족, 온전한 기쁨이란 없다. 그렇다면 누군가 옆에 두고 혼자를 꿈꾸는 게 그 반대보다 낫다. 결핍의 상태에서 잉여를 원하는 것보다는 잉여의 상태에서 결핍의 시절을 그리워하는 것이 나을 테니까. 그건 곧 신 포도와도 같은 거다. 자꾸 뒤를 돌아보면서 저 포도는 틀림없이 신 포도일 거라고 힘없이 중얼거리는 것과 포도를 다 먹은 뒤에 포도를 향해 뛰어오르던 열정을 그리워하는 것 중에서 무엇이 더 나아 보이는가.

결혼한 뒤에도 몇 번인가 발신자표시제한 전화가 걸려왔다. 나는 휴대폰 번호를 바꾸었다. 결혼생활을 유지하려면 새벽녘에 정체불명의 전화가 걸려오게 해서는 안 된다.

언제부터였을까. 결혼한 뒤 몸에 살이 붙기 시작하면서부터였을까. 땅바닥이 온전히 느껴지기 시작했다. 나는 더이상 떠다니지 않게 되었다. 비로소 깨달았다. 아무 생각 없이 살아야 아무 생각 없이 살 수 있게 되는 것이다. 동어반복이지만 그게 정답이다.

*

아내는 담배를 피운다. 결혼 전에는 몰랐던 사실이다. 그리고 또 아내는 이따금 위스키 같은 독한 술을 혼자서 마신다. 역시 결혼 전에는 몰랐던 사실이다.

어느 주말이었다. 아내와 패밀리 레스토랑에 가서 스테이크를 먹고, 극장에 가서 영화를 보고, 카페에 가서 커피를 마셨다. 스테이크는 질겼고 영화는 재미가 없었으며 커피는 너무 진해서 절반 이상을 남겨야 했다. 좋을 것도, 나쁠 것도 없는 평범한 주말이었다.

집에 돌아와 샤워를 하고 나와보니 아내는 식탁 의자에 다리를 세우고 앉아 담배를 피우고 있었다. 아내가 내 앞에서 담배를 피우는 건 처음 있는 일이었다. 아내는 내게 시선을 주지 않았다. 유리창 너머 어두운 곳을 바라보고 있었다. 작은 목소리로, 그러나 분명하게 아내가 말했다.

"우리는 왜 같이 살아?"

나는 대답할 말을 찾지 못했다. 아내는 금기를 깼다. 그런 종류의 질문은 서로 던지지 않기로 암묵적으로 합의가 되었다고 나는 생각했다. 생각 없이 살기 위해서는 왜, 라는 질문을 던지면 안 된다. 커피를 탈 때 설탕, 프림을 몇 스푼 넣느냐는 종류의 질문과 그에 대한 대답만으로 사는 것이 가장 편하게 사는 방법이다. 하지만 아내는 그렇게 살 수 있는 사람이 아닌 것 같다. 이 또한 결혼 전에는 몰랐던 사실이다.

아내는 천천히 담배를 다 피우고 난 뒤 침실로 들어갔다. 나는 따라 들어가지 못했다.

*

새벽 네시. 침실로 들어간 아내는 다시 나오지 않았다.

옆에 아무도 없을 때 느끼는 외로움이 누군가 있을 때 느끼는 외로움보다 훨씬 더 힘겨운 거라 생각했다. 내가 틀렸다. 옆에 누가 있건 없건 지금 당장 느끼는 외로움이, 고립감이 가장 견디기 힘든 것이다.

*

　새벽 다섯시. 나는 한참 동안 휴대폰을 들여다본다. 플립을 열고 특수기호와 숫자를 차례대로 누른다. *23#. 그러고 나서 파니의 휴대폰 번호를 누른다. 결번이다. 파니를 처음 만났던 채팅 사이트에 들어가서 그녀의 아이디를 찾아보지만 없는 아이디라고 나온다. 파니는 거기서도 탈퇴했다. 파니에 대해 아는 것이라고는 학원 강사라는 그녀의 직업과 나이와 닉네임과 이제는 결번이 되어버린 휴대폰 번호가 전부다. 그녀는 내게서 사라졌다. 아니다. 번호를 먼저 바꾼 사람은 나다. 우리는 서로에게서 사라졌다. 파니, 파니. 새털처럼 가볍던 파니. 십 센티도 넘게 공중에 떠 있다고 하던 파니. 그녀는 이제 홀연히 날아가버린 것일까.

　인터넷으로 생명의 전화에 대해 검색해서 번호를 알아내고는 전화를 걸어본다. 연결되지 않는다. 십 분 뒤 다시 걸어보지만 역시 연결이 되지 않는다. 오히려 위안이 된다. 나보다 훨씬 더 절박한 사람들이 마지막이라 생각하고 그 번호를 누르고 있을 것이다. 갑자기 전화상담 자원봉사를 하면 어떨까 하는 생각이 들었다. 다시 생명의 전화 홈페이지로 들어갔다. 전화상담 봉사를 하려면 교육과정을 이수해야 한다. 주 1회, 총 18회의 강의. 과연 시간이 날까. 시간도 시간이지만, 27만원이라는 수강료 액수를 보고 멈칫했다. 나는 교육과정 신청란

에 클릭하는 대신 모니터 왼쪽 하단에 있는 윈도우 아이콘으로 마우
스 커서를 옮겼다. 컴퓨터가 꺼졌다.

이무기

*

　가로 사십이 센티미터, 세로 사십오 센티미터의 좁은 공간. 가로의
길이보다 세로의 길이가 조금 더 긴 것은 옛사람들이 우주의 남북이 동
서보다 길다고 생각했기 때문이라 한다. 가로, 세로 각각 열아홉 개의
줄이 교차한다. 삼백육십하나의 교차점 가운데 아홉 개의 꽃점이 수놓
아져 있다. 모난 바둑판은 땅을 의미하고 둥근 바둑돌은 하늘을 상징한
다. 하늘과 땅이 만나 천변만화(千變萬化)가 펼쳐지는 무한한 길.

*

　늦가을. 햇빛이 차갑다. 나뭇가지에 붙어 있는 나뭇잎들은 이미 말
라붙은 채 떨어질 날만을 기다리고 있다.

열아홉의 청년 강(姜)이 조용히 바둑판을 내려다보고 있다. 대국 시작 오 분 전. 강은 종이컵에 담아온 티백 녹차를 마시며 호흡을 가다듬는다. 지난 일주일간 대국실 안은 뜨겁게 달아올랐다. 열두 명의 리그전. 만인에 대한 만인의 투쟁. 모두가 모두를 이겨야만 했다. 모두를 이기려면 자신을 이겨내야 한다. 강이 거둔 성적은 초반의 6연승을 포함해 9승 2패. 대부분 강이 무난하게 입단에 성공하리라 생각했다. 그러나 초반에 2연패를 당해 일찌감치 밀렸다고 생각했던 열네 살의 소년 김(金)이 놀라운 뒷심을 발휘했다. 김은 9연승을 거두며 강의 발목을 붙들었다. 10승 1패로 1위에 오른 정(鄭)에 뒤이은 공동 2위. 상위 두 명만이 입단하는 입단대회였다. 2위는 단 한 사람이어야 했다. 김과의 동률 재대국, 입단을 가름하는 최후의 한 판이다.

며칠 전 김과의 대국이 강의 머리에 맴돈다. 그 바둑에서 김은 초반에 치명적인 착오를 범했다. 아무런 대가 없이 김의 대마가 잡힌 것이었다. 그런 만큼 대국은 강이 압도적으로 유리했다. 김은 사방에서 분란을 일으키며 전단을 구했다. 김의 도발에 강은 맞대응하지 않았다. 물러서고 또 물러섰다. 불리한 바둑을 뒤집는 것만큼이나 유리한 바둑을 그대로 다져나가는 것 역시 쉽지 않은 일이다. 몇 집을 이기건 중요하지 않다. 이기기만 하면 되는 일이다. 다른 대국이었다면 김은 일찌감치 던졌을지도 모른다. 그러나 입단대회였다. 한 판, 한 판이 모두 생애 가장 중요한 대국이었다. 김은 포기하지 않았다. 리그전 초반에 당한 두 번의 패배가 김의 집중력을 한껏 높여주었다. 김에게 또 한번의 패배란 곧 입단 실패를 의미했다. 김은 집요하게 조금씩 이득을 보고 있었다. 차이가 좁혀졌고 점차 미세해졌지만 강은 동요하지 않았다. 어떻게 되더라도 지는 일은 없다는 것이 강의 계산이었다. 큰 끝내기도 거의 끝나가고 두 집 끝내기 정도만이 남은 상황에서 김이 반집 패를 걸어왔다. 팻감은 강이 하나 더 많았다. 그것까지 감안해서 최소한 반집 승이 확실하다고 목산(目算)을 끝내놓은 터였다. 그러나 패싸움의 와중에서 김의 묘수가 터졌다. 아무도 생각하지 못했던 끝내기의 묘수. 김의 팻감이 늘어났다. 모두의 탄성을 자아내는 한 수였지만 오직 한 사람, 강만은 비명을 삼켰다. 그것으로 바둑이 끝이 났다. 차이는 반집. 김의 승리였다.

반집이란 승패를 명확하게 하기 위해 만든 가상의 수치. 거대한 대마를 잡으며 쾌승한 대국은 통쾌하기 이를 데 없지만 반집 승리만큼 짜릿한 것은 아니다. 마찬가지로 반집 패배란 그 어떤 패배보다도 오랫동안 뇌리에서 떠나지 않는 괴로운 기억으로 남는다. 하물며 입단 대회 같은 중요한 대국에서의 반집이란.

그날 밤 강은 잠을 이루지 못했다. 김의 묘수가 머리에서 떠나지 않았다. 미처 그 수를 보지 못한 자신을 탓했고 조금씩 양보를 했던 스스로의 나약함을 원망했다. 지난 패배는 빨리 잊어야 한다. 강은 마음을 가라앉혔다.

강의 맞은편 자리에 홍안의 소년 김이 앉는다. 강은 김이 부러웠다. 김은 자신이 갖지 못한 것을 지니고 있다. 열네 살이라는 파릇파릇한 나이, 그리고 뛰어난 기재. 김은 이른바 누구나 알아볼 수 있는 떡잎이었고 될성부른 나무였다. 바둑을 배운 지 이 년만인 아홉 살에 이미 전국대회에서 입상했고 곧바로 연구생에 입문한 김의 바둑에는 뭔가 반짝이는 것이 있었다. 반짝인다고 해서 모두 금은 아니다. 금빛보다 초라한 반짝임도 있고 금빛보다 찬란한 반짝임도 있다. 김의 반짝임은 금빛 이상의 것이어서 수많은 천재들 사이에서도 단연 눈에 띄었다. 모두들 김이 오래지 않아 입단할 것이라 생각했다. 그러나 천재라 해서 완벽한 것은 아니었다. 섬광 같은 수읽기가 때로는 독이 되곤 했다. 수를 발견하면 결행하지 않고는 못 견디는 성미도 한몫했다. 한 판의 바둑에서 경솔은 달콤한 독이고 인내는 쓰디쓴 약이다. 아무리 될성부른 나무라 하더라도 쉽게 입단할 수 있는 것은 아니었다. 김이 입단대회에 참가한 횟수도 벌써 열 번에 이르고 있었다. 참가 횟수가 늘어날수록 김의 초조함도 커져만 갔다.

타고난 그릇이 천재이건 준재이건 평범한 수재이건 간에 그릇을 가득 채우는 것은 입단한 뒤의 일이다. 그릇에 담긴 물은 아직 엇비슷하다. 입단대회 본선 참가자들의 실력은 백지 한 장 차이에 불과하다. 누구에게라도 이길 수 있고 누구에게라도 질 수 있다.

김은 때로는 간발의 차이로 떨어졌고 때로는 일찌감치 탈락했다. 입단을 결정하는 단 한 판의 대국. 김으로서도 이번에 진다면 또 언제 이런 기회가 찾아올지 알 수 없는 일이었다.

돌을 가린다. 강의 백번(白番). 강과 김은 가벼운 인사를 교환하고는 바둑판을 응시한다. 바둑판 위에 정적이 감돈다.

바둑을 일러 수담(手談)이라 한다. 바둑이란 상대방과 나누는 대화인 동시에 자기 자신과 나누는 대화이기도 하다. 그러나 바둑이 손으로 나누는 대화인 것은 어디까지나 아마추어의 바둑에 한해서이

다. 한 판의 바둑에 인생이 걸리게 되면 바둑은 더이상 담(談)일 수만
은 없다. 그때부터 바둑은 싸움이 된다. 상대방과의 싸움이며 자기 자
신과의 싸움이다. 그것은 건설과 파괴의 싸움이다. 정신은 흑백의 바
둑돌로 물화(物化)되어 깊음을 견주고 넓음을 겨루고 높음을 다툰다.
그것은 정신의 싸움이지만 결코 고결한 싸움이 아니다. 보이지 않는
선혈이 반상을 뒤덮는 잔인한 싸움이다. 누구에게 도움을 청할 수도,
받을 수도 없는 절대고독의 싸움이다.

　고요한 바둑판을 앞에 두고 팽팽한 긴장이 사위를 감싼다. 정적을
깨뜨린 것은 김의 착점. 딱 하고 바둑판에 바둑알이 부딪히는 소리가
경쾌하다. 우상귀 화점이다. 지옥의 레이스를 마감하는 마지막 대국
이 시작되었다. 바둑이 끝나면 한 사람은 하늘로 올라갈 것이고 다른
한 사람은 땅 끝으로 떨어질 것이다. 강의 희고 긴 손가락이 바둑판
위로 날아든다. 검지와 중지 사이에 끼운 하얀 바둑알이 살포시 반상
위에 놓인다. 좌상귀 소목. 강의 손맵시가 날렵하다.

　강에게는 단순히 입단대회의 마지막 대국이 아닌 인생에서의 마지막
대국이 될 수도 있는 바둑이다. 강은 열아홉의 나이에 인생의 마지막 대
국이 될 수도 있는 바둑을 두고 있다. 그는 지금 벼랑 끝에 서 있다.

*

　이미 많은 연구생들이 열여덟에 인생의 마지막 바둑을 두었다. 그
중 일부는 열아홉에 한 번 더 인생의 마지막 바둑을 둔다. 열여덟에
이를 때까지 입단하지 못하면 연구생에서 퇴출당하는 것이다. 예외

도 있다. 1군에 속해 있는 연구생 중 입단의 가능성이 보이는 이들에
한해 일 년간 연구생 자격을 연장해주기도 한다. 연구생 출신의 일반
인이 입단하는 경우는 아예 없다고 봐도 된다. 그들이 싸워야 하는 새
로운 연구생들은 더 강했다. 치열한 경쟁은 연구생의 수준을 계속 향
상시켰다. 과거의 천재들은 밀고 올라오는 새로운 천재들을 이겨내지
못했다.

불과 스물도 안 된 나이에 두는 바둑을 인생의 마지막 바둑이라 말
할 수 있는가. 그럴 수 있다. 입단하지 못한다 해도 바둑을 계속 둘 수
는 있다. 그러나 그것은 꿈을 가진 이들이 두고자 했던 바둑이 아니
다. 그 바둑은 땅의 바둑, 유희의 바둑이고 인간의 바둑이다. 프로가
되려는 이들이 마음에 품은 것은 하늘의 바둑, 가도 가도 끝이 없는
무한한 천상의 바둑이다.

바둑은 승부를 가름하는 게임이다. 또한 바둑은 모양의 완전함과
자유롭고 창조적인 운석으로 아름다움을 추구하는 예술이기도 하다.
오로지 승리를 목적으로 하는 단단한 실리바둑이 대세를 이루며 바둑
판 위에 아름다움을 빚어내려는 시도는 점차 무의미해졌다. 대마를
잡는 것이 대마를 살리는 것보다 어렵고 세력을 집으로 만드는 일은
세력을 와해시키는 것보다 어렵다. 실리바둑을 깨기 위해서는 더 지
독한 실리바둑을 두어야만 했다. 실리에서 손해를 보지 않으려면 치
열하게 싸워야만 했다. 끈끈한 수읽기를 바탕으로 한 전투력과 탄탄
한 끝내기 실력이 승패를 좌우했다.

강은 자신의 바둑을 두고 싶었고, 두고자 했으며, 두어왔다. 실리보

다는 세력을, 단단함보다는 유연함을, 모양에 구애되지 않고 전투를 벌이는 것보다는 창의적인 발상으로 모양의 효율을 극대화시키는 바둑을 선호했다. 그런 바둑은 어딘지 흑번보다는 백번에 더욱 잘 어울린다.

흑번을 잘 두는 기사는 승부에 강하고 백번을 잘 두는 기사는 바둑을 예술로 승화시킨다. 백번의 명국에는 아취와 품격이 어우러진 어떤 유장한 흐름이 있다. 그 흐름 속에는 단아함과 강인함이 어우러져 있어서 가만히 들여다보노라면 어딘지 슬픔과 맞닿아 있는 듯하다. 또한 슬픔이란 아름다움과 맞닿아 있다. 우리는 아름다움 속에서 슬픔을 느낀다. 아름다움의 이유가 완전함이라면 슬픔의 까닭은 결핍이다. 결핍이 없는, 슬픔이 없는 아름다움이란 인간의 시간 속에서 이내 그 빛을 잃게 된다.

먼저 내달리기 시작하여 반상을 장악하고 천하를 호령하는 절대자의 미학이 흑번의 명국 속에 있다면 한발 뒤처진 채 발걸음을 옮겨야 하는 백번의 명국에는 불완전한 인간의 아름다움이, 유한한 인간의 완전함이 깃들어 있다.

강에게 작년, 열여덟의 한 해는 실로 잔인했다. 마지막 한 해였으나 어느 때보다 자신감이 충만했던 한 해이기도 했다. 자신감만큼이나 성적도 충실했다. 봄의 일반인 입단대회 3위. 여름의 연구생 입단대회 3위. 가을의 일반인 입단대회 3위. 잡힐 듯 잡힐 듯 잡힐 듯, 모두 사라졌다. 강으로서는 가혹하기 이를 데 없는 트리플 브론즈였다. 봄, 가을의 일반인 입단대회에서는 상위 두 명이, 여름의 연구생 입단대회는 1위만이 입단한다. 아무 의미도 소용도 없는 세 개의 동메달이었다. 마지막 입단대회에서 실패했을 때 강은 머리가 텅 비는 것 같았다. 아무 생각도 나지 않았다. 길 위에서 맥 빠진 목소리로 중얼거렸다.

"뭐, 그렇지."

꿈이 조각났다. 미래가 사라졌다. 강의 아버지가 말했다.

"바둑학과라는 데도 있다는데 거기 진학하는 게 어떠냐."

강은 고개를 흔들었다. 옆길로 빠지는 것은 자존심이 용납하지 않았다. 이제 어떻게 하나. 강은 남몰래 눈물을 흘렸다.

연구생 사범들에게도 강의 좌절은 안타까운 일이었다. 바둑의 발전 같은 것을 생각한다면 한 살이라도 어린 재능 있는 소년들의 입단이 바람직하지만 문턱에 걸린 절박한 이들의 입단을 바라는 것이 인지상정이다. 예외 조항이 적용되었다. 연구생 생활이 일 년 연장되었다.

*

흑의 세번째 착수는 우하귀의 소목. 김 역시 얼마 전의 대국을 잊지 않고 있다. 가까스로 역전에 성공하긴 했지만 그 바둑을 이긴 것은 행운이었다. 초반의 실패로 인해 거의 진 거나 다름없는 바둑이었다. 그때와는 달리 이번에는 초반의 급전을 피하기로 마음먹는다. 좌상귀에 둔 백의 착점은 은연중에 대각선 포석을 유도하고 있다. 전투형인 대각선 포석이 김의 능기임을 잘 알고 있음에도 강은 태연하게 그렇게 두었다. 다른 때라면 마다할 김이 아니었으나 이번만큼은 사양하고 싶었다. 우상귀의 화점이 뒤이어 우하귀의 소목에 놓인 흑 한 점은 길게 가자고 말하고 있다.

백의 네번째 착점은 좌하의 삼삼. 오로지 실리를 지향하겠다는 뚜렷한 목적의 한 수. 뒤이어 좌상 소목에 대한 높은 걸침. 백은 아래로 붙인다. 흑의 손길이 멎는다. 부딪혀서 밀어붙이기 정석으로 가느냐. 젖히는 정석을 선택하느냐. 밀어붙이기 정석은 바둑판의 사분의 일이 결정되는 대형 정석. 김은 간명함을 택했다. 흑이 아래로 젖히고 백이 늘어둔다. 흑은 호구 모양으로 두고 백은 상변으로 한 칸 뜀. 흑은 세 칸 낮게 벌려 정석이 마무리된다. 십여 년 전에 유행했던 과거의 정석이다. 최신 정석일수록 격렬하고 고전적인 정석일수록 유연하다. 흑백 모두 급전을 피한다. 물 흐르듯 자연스러운 착점이 이어진다. 한 폭의 수묵화처럼 담담한 그림이 반상에 펼쳐진다.

포석이 끝나가는 단계에서 몇 차례 가벼운 접전이 일어난다. 그때마다 백은 실리를 선택하고 흑은 두터움을 쌓는다. 강은 고개를 갸웃거린다. 두터운 바둑은 평소 김의 기풍과는 다른 탓이다. 김의 바둑은 빠른 수읽기를 바탕으로 한 싸움바둑. 일찌감치 실리를 확보해 달아나고 부분 전투에서는 조금도 양보하지 않고 싸운다. 맞서 싸우다보면 밀리고 물러서면 실리 부족에 허덕이게 되는, 상대로서는 대응하기 곤란한 바둑이다.

제한시간 한 시간 반, 삼십 초 초읽기 3회의 속기바둑. 강과 김 모두 착점이 빠르다. 중요한 대국임을 의식한 탓에 시간을 아껴 두고 있는 것이다. 서로 복잡함을 피해 간명하게 처리해나가고 있다.

먼저 싸움을 걸어간 것은 강이다. 좌변의 흑 진영에 침입. 초반에 진행된 좌상의 정석에서 변의 흑을 양분하는 맥이다. 흑의 선택은 두 가지. 위로 막으면 백은 우하귀로 넘어갈 것이다. 백은 실리를 얻고 흑은 두터움을 얻는 길이다. 다른 한 가지는 건너가는 것을 막고 싸우는 것. 서로 해볼 만한 싸움이다. 강의 예상을 벗어나 김은 이번에도 위로 막아둔다. 백의 실리가 불어나고 있다. 그리고 흑의 중앙은 점점 더 두터워진다.

*

강이 바둑을 배운 것은 초등학교 삼학년, 아홉 살 때였다. 육 급 기력인 강의 아버지는 강에게 축과 단수를 가르쳤고 반상 위에서 두 집을 내지 못하면 죽는다는 것을 일러주었다. 곧바로 돌입한 실전. 강은 흑돌 서른 점을 먼저 올려놓고는 바둑을 두었다. 백이 한 수 두면 반상에서 흑돌이 후두둑 떨어졌다. 왜 자신의 돌만 반상에서 쫓겨나는 것인지 강은 영문을 알 수 없었다. 어쩐지 분하기도 했다.

백돌과 흑돌이 수놓는 무늬에 강은 매혹되었다. 새로운 세계가 강의 마음을 파고들었다. 강의 바둑 실력은 빠르게 늘었다. 미리 깔아놓는 흑돌의 숫자도 빠르게 줄어들었다. 순식간에 아홉 점 바둑이 되었고 다섯 점 바둑이 되었다. 두 점 바둑마저 이내 넘어선 강이 기어이 호선바둑에 이른 것은 반년도 지나기 전의 일이었다. 호선도 위태롭게 되자 백돌을 넘겨주는 대신 아버지는 곧바로 동네 바둑교실로 강을 이끌었다.

아버지 외의 다른 사람과 처음으로 둔 바둑. 상대는 강보다 어린 아이였다. 석 점을 깔고 둔 바둑에서 강은 대마가 몰살당하는 참패를 당했다. 고사리 같은 손으로 옮기는 하얀 바둑알은 핵폭탄 같은 위력을 지니고 있었다. 어린 나이였지만 강은 피가 거꾸로 솟는 것을 느꼈다. 잠자고 있던 강의 승부근성이 눈을 떴다. 강이 아이에게 첫 승을 거두기까지 몇 달이 걸리지 않았다. 일 년이 지나지 않아 아이는 강에게 오히려 두 점을 깔고 바둑을 두어야만 했다. 이 년이 지나기 전에 강은 바둑교실 최강자가 되었다. 대회에 나가기 시작했다. 지역 바둑교실 대회, 구 대회, 시 대회. 어린이 바둑대회는 많았다. 강이 전국대회에서 입상한 것은 초등학교를 졸업하기 전의 일이었다.

강은 바둑이 좋았다. 친구들과의 놀이에는 없는 것이, 동네 놀이터에는 없는 것이, 동화책 속에는 없는 것이 바둑판 위에 있었다. 때로는 그 위에서 무언가가 봄꽃처럼 화사하게 피어올랐다. 때로는 무언가가 한여름의 태양처럼 뜨겁게 타오르기도 했다. 잔잔한 호수의 고요함이 깃들어 있었고, 한겨울 벌판 위에 휘몰아치는 눈보라처럼 혹독하고도 매서운 한파도 있었다. 아무리 뛰어 돌아다녀도 바둑판 위에는 가보지 못한 곳들로 가득했다. 강은 삼백육십일 로의 무한함을, 그 속을 마음껏 유영하는 자유로움을 희미하게 느꼈다.

강이 전국대회에서 입상하자 바둑교실 원장은 아버지를 만나 강의 장래에 대해 의논했다.

"이 아이는 기재가 있어요. 프로 기사가 되고자 한다면 지금도 빠른 게 아니거든요. 아버님께서 결단을 내리셔야 합니다."

강의 아버지는 고민에 빠졌다.

"글쎄요. 바둑을 업으로 삼는다는 게 어디 보통 일인가요."

아버지는 알고 있었다. 좋아하는 일을 업으로 삼는 것이 때로는 인생의 멍에가 될 수 있다는 것을. 평범하게, 무난하게 사는 것이 가장 안전하다는 것을. 강의 어머니는 극구 반대했다. 이제 초등학교를 갓 졸업하는 어린아이의 인생이 미리 결정되는 것은 두려운 일이었다.

아버지는 강을 불렀다.

"연구생으로 가고 싶으냐?"

어느덧 강은 의젓해져 있었다. 무수한 패배가 그의 마음을 단련시켰다. 부모에게 조르는 것으로는 해결되지 않는 일이 있다는 깨달음이 그를 어른스럽게 만들었다. 바둑교실의 원장은 일 년에 한두 번 프로 기사를 초빙하곤 했다. 강의 눈에는 프로 기사가 하늘에서 내려온 사람처럼 보였다. 그의 지도기에는 강이 보지 못했던, 볼 수 없었던 세상이 펼쳐져 있었다. 프로 기사가 된다는 것이 어떤 의미인지, 어떤 삶이 기다리고 있는지 알 수 없었지만 강은 반상 위의 다른 세상으로, 더 높고 더 넓은 세상으로 가고 싶었다.

"네. 프로 기사가 되고 싶어요."

강의 아버지는 마음이 흔들렸다. 프로 기사가 되려면 한 살이라도 어릴 때에 기재를 갈고 닦아야 한다. 한두 해가 지나면 그때에는 되고 싶다 해도, 밀어주고 싶다 해도 이미 늦어버린다.

"조건이 있다. 단 한 번뿐이다. 알아보니 연구생 선발대회가 두 달 뒤에 있더구나. 그 대회에서 선발되지 못하면 바둑은 취미로만 두고 학교 공부에 전념하는 거다."

강은 고개를 끄덕였다. 열세 살의 강은 지면 안 되는 바둑이 있다는 것을 알고 있었다. 강은 바둑 공부에 온 힘을 쏟았다. 변두리 바둑교실에서 한국기원 연구생을 배출하고 싶었던 원장이 적극 지원했다.

백이십 명이 참가한 연구생 선발대회. 스위스리그 방식이었다. 정신없이 몇 판 두고 나니 순위가 주르르 나왔다. 강의 순위는 4위. 가까스로 턱걸이로 성공할 수 있었다.

마냥 기뻐했던 바둑교실 원장과는 달리 강의 아버지는 기뻐하지도 슬퍼하지도 못했다. 아버지도 어느 정도는 알고 있었다. 한국기원 연구생이 얼마나 고된지. 입단하는 것이 얼마나 힘든 것인지. 설령 입단한다 해도 일류 기사가 되는 것은 낙타가 바늘구멍에 들어가는 일만큼이나 어려운 일이다. 아들이 내민 첫발은 영광과 환희로 나아가는 첫걸음이 아니라 고통의 늪에 빠지는 첫발이 될지도 모르는 일이었다.

전국 각지에서 모여든 바둑 신동들 틈에서 강의 연구생 생활이 시작되었다. 연구생은 모두 백이십 명. 열두 명씩 총 10개의 조로 구성되어 있다. 매달 조별로 리그전을 치르며 그에 따른 성적으로 백이십 명의 연구생에게 순위가 매겨진다. 각 조에서 상위 네 명은 상위 조로 올라가고 하위 네 명은 하위 조로 내려간다. 10개조의 하위 네 명은 탈락이다. 그 자리에는 새로운 연구생들이 들어온다.

학교에서 오전 수업만 마치고 밤늦게까지 바둑 공부만 하는 단조로운 생활이 이어졌다. 단조로운 생활 속에 숨어 있는 것은 끝없는 경쟁이다. 한번 밀리기 시작하면 끝까지 밀리고 만다. 조금이라도 밀린다 싶으면 기다리고 있는 것은 탈락이다. 낙오자는 연구생으로 들어오기 위한 경쟁부터 다시 시작해야 한다.

강은 학교에서도 바둑만 생각했다. 바둑으로 시작해서 바둑으로 끝나는 나날이었다. 밥을 먹으면서 사활을 생각했고 길을 걸으면서 포석을 연구했다. 펼쳐보는 책장에는 기보만이 가득했다. 꿈속에서도 바둑을 두었다. 이기는 꿈보다 지는 꿈이 많았다. 꿈에서 깨어난 후에도 패배의 아픔만은 생생하게 남아 있었다.

이기고자 하는 것은 승리의 기쁨을 누리기 위함이 아니다. 졌을 때의 아픔이란 수만 개의 날카로운 칼날에 심장을 난도질당하는 그런 것이었다. 중요한 대국일수록 더욱 그러했다. 승리를 갈망하는 것은 그것이 패배의 고통을 피할 수 있는 유일한 길이기 때문이다. 바둑에 모든 것을 건 이들에게 반상의 낭만이란 애당초 없는 것인지도 모른다.

강의 연구생 생활은 순조로운 편이었다. 일 년이 지나자 연구생 8조로 올라왔고 또 한 해가 지나자 6조로 올라왔다. 꾸준한 노력과 강인한 승부근성, 그리고 밀리지 않았다는 안도감과 앞으로 나아가고 있다는 자신감은 강을 점점 높은 곳으로 이끌었다. 그리고 또 일 년이 지나자 강은 3조에 진입할 수 있었다. 연구생 3조의 서열 11위. 일류 바둑도장 출신의 천재들 틈에서 이루어낸 빛나는 성과였다.

연구생 3조에 진입했다는 것, 연구생 랭킹 30위권에 들었다는 것은 프로 입문의 자격이 충분하다는 의미이다. 근 이십 년간의 치열한 경쟁으로 인해 연구생의 수준이 비약적으로 향상되었다. 연구생 3조의 실력이면 프로와 호선으로 겨룰 수 있는, 프로와 다름없는 수준이다. 그리고 그때부터 이전과는 비교할 수 없는 치열한 경쟁이 시작된다.

김의 한 수가 힘차게 반상을 때린다. 좌하귀 화점이다. 삼삼에 위치한 백 한 점을 누르고 있다. 회심의 착점. 그 한 수를 두기 위해 김은 지금까지 참아왔다. 좌하귀의 응접이 끝나자 중앙에 거대한 흑의 그림자가 짙게 드리워진다. 강의 이마에도 어두운 그림자가 스며든다. 삭감할 것인가, 침투할 것인가. 강의 선택은 우변에서 중앙으로의 한 칸 뜀. 흑진 깊숙이 뛰어들어 단숨에 중앙을 초토화시키고 싶지만 그러기에는 위험 부담이 너무 크다. 침투했다가 몰살당하면 곧바로 승부 끝이다. 일단 더이상 부풀지 못하게 견제해두고 승부를 길게 가져가고자 하는 것이다.

백이 둔 한 칸 위로 받아두면 무난하지만 흑은 손을 빼고 상변 백의 2선 한 칸 뜀 사이를 찌른다. 아까부터 흑이 노려보던 곳이다. 백이 1선으로 넘어가자 이번에는 옆구리에 붙인다. 백의 선택은 두 가지. 아래로 젖혀 패를 하느냐, 위로 부딪혀 두 점을 잡는 바꿔치기를 하느냐. 바꿔치기는 흑의 대득(大得)이지만 패의 부담이 너무 커서 패를 결행할 수는 없다. 흑은 백 두 점을 잡고 백은 흑의 상변을 절단해 두 점을 품에 안는다. 같은 두 점이지만 백이 잡은 두 점은 네 집 크기인 데 반해 흑이 잡은 백 두 점은 줄잡아 열 집의 가치가 있다. 흑이 완연히 유리해진 국면이다.

뒤이어 벌어진 좌변에서의 접전. 흑돌 위에 백돌을 붙여가자 흑은 기세상 젖힌다. 백이 맞끊는다. 네 개의 돌이 서로를 분리해 모두가 고립된 모양. 반상에서 펼쳐지는 수많은 모습 중에서 가장 복잡한 전투형이다. 중요한 것은 주변 상황. 백의 응원군은 한 칸 옆에 있고 흑의 응원군은 눈목자 자리에 있다. 가까운 만큼 백이 유리한 싸움이다. 그러나 흑은 미련 없이 실리를 내주고는 두터움을 택한다. 전투의 결과 백이 실리를 차지했지만 중앙을 틀어막은 흑이 더욱 두터워진다. 변함없이 흑이 우세한 형국이다.

*

강의 슬럼프는 뜻밖의 곳에서 찾아왔다. 강은 그해 봄의 일반인 입단대회에 참가했다. 연구생 3조에 진입한 만큼 다분히 연습 삼아 참가했던 예전과는 달리 목적이 뚜렷한 참가였다. 예선 1차 리그를 통과하고 맞이한 예선 2차 리그. 1차 리그에서 선발된 스물여섯 명과 전기 본선 리그 출신의 시드 배정자 세 명, 한국기원 연구생 상위 성적자 이십 명, 지역연구생 선발자 여섯 명, 아마추어 전국대회 우승자 네 명을 더한 쉰아홉 명이 다시 10개조로 나뉘어 예선 결승 리그를 치른다. 1개조에 한 명씩, 본선 리그에 진출할 열 명을 가려내는 것이다. 강의 성적은 조별 리그 2위. 본선 진출에 실패했다. 그만하면 나쁘지 않다고 자위할 수도 있는 일이지만 패배의 아픔, 실패의 고통은 온전히 당사자만의 것이다. 위로조차도 쉽지 않아 동료들도 섣불리 위로하려 들지 않는다. 지금까지 그래왔듯이, 모두들 그래오듯이 오로지 혼자서 버텨내야 하는 일이다. 시장바닥처럼 복잡한 대국장을 빠져나와 올려다본 파란 하늘. 누군가 강의 어깨를 툭 쳤다. 단정한 용모와 상냥한 성격으로 연구생들 사이에서 인기가 높은 여자 연구생 최(崔)

였다.

"아까웠겠다, 얘."

거짓말처럼 패배의 쓰라림이 잦아들었다. 그와 동시에 서러운 뭔가가 왈칵 밀려왔다. 애써 마음을 억누르고 강이 대답했다.

"그렇죠. 뭐."

강의 속앓이가 시작되었다. 실패에 대한 위안을 찾으려는 심리였는지, 혼자서 버티기 위해 쌓아두었던 성벽이 한순간이나마 허물어졌던 탓인지, 정말 사랑에 빠진 것인지는 알 수 없었지만 간혹 최를 마주칠 때마다 강의 얼굴이 달아오르곤 했다.

언젠가의 연구생 수련회에서 연구생 사범 박(朴)이 말했다.

"일반적으로 말이다. 이성을 사귀게 되면 말이야. 여자는 안정되고 남자는 동요한단다. 그러니까 말이다. 여기 여자들은 어서 빨리 남자친구를 사귀고, 남자들은 말이다. 입단할 때까지 절대로 여자한테 한눈팔면 안 된다."

연구생들 사이에서 커다란 웃음이 터져나왔다.

"에이, 그런 게 어딨어요."

그런 게 있었다. 강은 바둑에 집중할 수 없었다. 눈에 밟히는 최의 따뜻한 미소가 강의 근성을 어지럽혔고 이 년이라는 나이 차이는 무거운 돌이 되어 강의 마음을 짓눌렀다. 밤이면 잠을 이루지 못했다. 조금씩 패점이 늘어나기 시작했다. 올라가는 데에는 몇 년의 시간이 걸렸지만 내려가는 것은 순식간이었다. 오래지 않아 강은 6조까지 떨어졌다.

연구생 2군으로 떨어진 강에게 아버지가 말했다.

"힘들면 언제든 그만둬도 괜찮다. 너는 머리가 좋으니 지금부터 학교 공부에 전념하면 충분히 따라잡을 수 있을 거다."

학교 공부에서 손을 놓은 지 오래되었다. 고등학교에 진학하면서부터는 수업을 전폐하다시피 하면서 바둑 공부만 했던 것이다. 그나마 진학한 것은 전적으로 아버지의 뜻이었다. 연구생들에게 고등학교 진학이란 하나의 기로이기도 했다. 중학교 졸업으로 학업을 마치면 병역이 면제된다. 이십대 초반의 이 년여 동안 바둑에서 멀어진다는 것은 프로 기사로서는 치명적인 일이다. 군대에 가지 않는 길이 없는 것은 아니었다. 세계대회에서 준우승 이상의 성적을 거두면 면제받을 수 있다. 그러나 이십대 초반 이전에 그 정도의 성적을 낸 사람은 한둘에 불과했다. 그리고 그들은 이미 십대 초반에 입단한 천재 중의 천재들이었다. 강은 자신이 천재 중의 천재가 아니라는 사실을 잘 알고 있었다. 따라잡으려면 노력밖에 없다. 군대는 이 년이라는 시간 이상의 묵직함으로 모든 노력을 무위로 돌릴 것이다. 강은 고등학교에 가지 않겠다고 말했으나 아버지는 단호하게 강을 꾸짖었다.

"너는 왜 그렇게 생각이 짧으냐. 나중에 자식 생활기록부에다 중졸이라고 쓰고 싶으냐. 연구생 계속할 거면 쓸데없는 소리 하지 말고 아버지 말 들어라."

만일의 경우에 대비해 아버지가 남겨둔 길로 가고 싶은 생각은 조금도 없었다. 취미이자 특기이자 생활이자 삶 자체가 된 바둑을 버릴 수 없었다.

"좀더 해볼게요. 아버지. 좀더 있다가 생각해볼게요."

강은 마음을 다잡았다. 모든 것을 입단 후로 미루기로 했다. 최에 대한 마음도. 열다섯과 열일곱은 쉽지 않겠지만 두 살의 나이 차이는 스물이 넘으면 괜찮아질 것이라 생각하기로 했다. 입단하게 되면 고백하리라.

무엇보다도 강은 바둑을 좋아했다. 바둑 외의 삶은 생각하고 싶지 않았다. 강해지고 싶었고 좋은 바둑을 두고 싶었다. 바둑 실력이 늘어날수록 바둑 내용이 좋아진다. 나름대로 9급 바둑을 두는 즐거움이 있고 5급 바둑을 두는 즐거움이 있다. 그러나 9급 바둑을 두는 사람은 5급 바둑의 즐거움을 모른다. 즐거움만 모르는 것이 아니다. 9급 바둑은 5급 바둑을 이해할 수도 없다. 다른 분야라면 일류 선수가 아니어도 시합을 해설하는 전문가들이 있지만 바둑에서는 그럴 수 없다. 프로의 바둑을 프로의 해설 없이 아마추어가 이해하는 것은 불가능하다. 땅 위에서는 천상의 바둑을 볼 수 없다. 높은 곳에 오를수록 바둑은 더 높은 곳이 있다는 것을 알려준다. 깊숙이 파고들수록 바둑은 바닥이 보이지 않는 심해가 있다는 것을 알게 해준다. 얼마나 높이 오를 수 있는지, 얼마나 깊이 들어갈 수 있는지 아무도 모른다. 다다른 이가 없는 무한의 세계가 있기에 포기하지 못하는지도 모른다.

강은 높은 곳까지 올라가고 싶었다. 천상의 바둑을 두고 싶었다. 천상의 바둑을 두려면 하늘로 올라가야 한다. 하늘로 올라가려면 여의주를 품에 넣어야 한다. 온갖 조화를 불러일으키는 여의주를 품에 넣지 못하는 한 이무기는 아무리 오랜 세월 동안 용의 형상을 하고 있다 한들 영원히 하늘에 오를 수 없다.

강은 바둑에 전념했다. 허망하게 보낸 몇 달의 시간을 채워야 했다. 강의 눈빛이 매서워졌고 다시 성적이 좋아졌다. 사범들은 강을 보고 대견해했다. 내려가긴 쉬워도 올라오긴 어렵다는 것을 잘 알고 있기 때문이었다. 어딘지 단단해진 강의 바둑에 동료 연구생들은 긴장했고 동시에 반가워했다. 승부를 업으로 삼자면 이기고 지는 것은 어쩔 수 없는 숙명이다. 다른 연구생들은 맞서 싸워 이겨야 할 적이지만 또한 많은 시간을 함께 보내는 동료이자 친구이기도 하다. 누군가가 자신을 추월하는 것은 괴로운 일이지만 축하할 일이기도 하다. 또한 누군가가 뒤처진다면 다행스러운 동시에 안타까운 일이다.

입단에 성공해서 연구생 생활을 뒤로하는 이들이 있는 반면 몇 명인가는 연구생 생활에 지친 나머지 꿈을 접고 가방을 싼다. 그럴 때마다 몇몇의 마음 한구석에서 불안이 일렁인다. 은밀한 동요의 기운이 감돈다. 머지않은 장래에 자신도 그렇게 될 것이다. 대부분은 땅으로 떨어진다. 한국기원 본원의 연구생 백이십 명 중 매년 단지 대여섯 명만이 여의주를 품에 안고 승천한다. 그들은 이제 또 하늘 위에서 평생에 걸쳐 하늘의 싸움을 벌이겠지만 땅 위의 싸움을 벗어나 하늘의 싸움에 진입할 수 있다면 그것만으로도 축복이다.

아무나 하늘로 오르는 것이 아니다. 꼭 실력순으로 입단하는 것만도 아니다. 연구생 상위 삼십여 명의 실력은, 그중에서도 1조의 십여 명의 실력은 그야말로 종이 한 장 차이다. 당일의 컨디션에 따라 승패가 엇갈린다. 하위 조에 속한 연구생들이 먼저 입단하는 경우도 많다. 운이 좋은 이들이다. 그들은 선택받았다. 그러나 뛰어난 기재를 타고난 천재들이야말로 진정 선택받은 자들이다. 사람들은 말한다. 아무리 타고난 재능의 소유자라 하더라도 뼈를 깎는 노력이 없다면 성공할 수 없다고. 그렇게 본다면 어쩌면 승부근성이야말로 가장 큰 덕목

인지도 모른다. 승부근성은 노력을 촉발하며 노력은 기재를 초월하기도 한다. 하지만 노력과 승부근성이 도달하는 한계가 있다. 그곳에서 빛을 발하는 것은 천재들이다. 그들이 벼린 송곳은 반드시 주머니를 뚫고 한계를 돌파한다.

이따금 최를 마주칠 때마다 마음 한구석이 아려오는 듯도 했지만 강은 더이상 흔들리지 않았다. 그럴수록 바둑에 몰두했다. 강의 노력이 차츰 결실을 맺었다. 해가 가기 전에 강은 다시 3조에 진입하는 데 성공했다. 해가 바뀌면서 강의 발걸음은 더욱 빨라졌다. 강은 여름 직전에 1조에 들어갈 수 있었다. 연구생들 사이에서 꿈의 조라 불리는 1조. 누가 승천해도 이상할 것이 전혀 없는 최정예의 이무기들이다. 그들 중 통산 랭킹 1위는 자동적으로 입단이 확정되며 8월에 열리는 연구생 입단대회를 통해 또 한 명의 입단자를 선발한다.

늘 두어온 상대들이었지만 연구생 입단대회에서의 리그전은 또 달랐다. 중압감이 비교가 되지 않았다. 큰 승부일수록 평정심을 유지하는 것이 승패를 좌우한다. 대국중에 조금이라도 불안에 빠지면 곧바로 낭떠러지로 떨어진다. 강심장만이 버텨낼 수 있다. 입단대회 리그에서 한 번 지는 것은 살을 에는 괴로움이고 두 번 지는 것은 뼈를 깎는 고통이다. 세 번 지면 절망이 엄습한다. 하위권으로 리그를 마감한 강은 다음을 기약했다. 경험만이 심장을 단련시킨다. 연구생 입단대회에 참가해본 것만으로도 해볼 만하다는 자신감이 생겼다.

가을의 일반인 입단대회에서 강은 본선 리그에 진입해 중위권의 성적을 거두었다. 아슬아슬한 차이가 하늘과 땅을 갈라놓았다. 아버지는 또다시 강을 설득했다.

"이제부터라도 공부를 하면 아직 늦지 않았다. 네 생각은 어떠냐."

강은 고집을 꺾지 않았다. 오히려 아버지에게 간청했다.

"이제 거의 다 왔어요. 조금만 더 도와주세요."

어머니는 아버지를 원망했다.

"애초에 왜 애한테 바둑은 가르쳐서……"

강은 입단대회에 대비해 프로 기사에게 실전 훈련을 받기 시작했다. 지도기는 호선바둑으로 이루어지며 프로 기사를 이길 경우 레슨비를 내지 않는다. 1조의 연구생에게 패한다 해서 부끄러워하는 프로 기사는 거의 없다. 승률은 반반. 그렇다 해도 지출되는 레슨비는 적지 않았다. 마지막 한 해였다. 비장한 마음으로 강은 칼을 갈았다.

열여덟의 강에게 찾아온 것은 앞서 말한 바와 같이 트리플 브론즈라는 뛰어나면서도 가혹한 성적이었다. 이렇게 말할 수 있을 것이다. 비장한 마음으로 칼을 갈았기 때문에 강은 트리플 브론즈라는 뛰어난 성적을 거둘 수 있었다. 또 이렇게도 말할 수 있을 것이다. 비장한 마음으로 칼을 갈았지만 강은 트리플 브론즈에 그치고 말았다.

*

비를 잔뜩 머금은 회색 구름이 하늘을 뒤덮는다. 오후 시간인데도 날이 어두워져 대국장에 불이 켜진다. 가늘게 떨어지던 빗방울이 빗

줄기로 바뀐다. 비가 그치고 나면 더욱 추워질 것이다.

강의 얼굴이 점점 굳어진다. 이대로 가면 백의 완패다. 백은 우변 흑진 깊숙이 특공대를 투입한다. 백의 승부수. 잡히면 흑의 승리. 살아오면 해볼 만한 형세다. 흑진에도 약점이 있어서 쉽게 잡힐 모양은 아니다. 이곳에서 승부를 결정하겠다는 듯이 흑의 공격은 날카롭기만 하다. 백의 좌충우돌. 들여다보고 붙이고 젖히고 끊는다. 흑백 간에 제한시간은 모두 사용했다. 백은 초읽기의 와중에서 실낱 같은 흑의 틈새를 발견하고 역습을 가한다. 백의 거친 반격에 오히려 곤란해진 흑. 고양이는 쥐에 물리고 만다. 흑이 비명을 지른다. 백이 일거에 따라붙는다.

*

강보다 앞서 입단한 연구생 동기들이 여럿이었다. 후배들도 차근차근 입단했다. 강은 초조해졌다. 이전 해의 기억이 강을 다시금 슬럼프에 빠지게 했다. 예전에 겪었던 것과는 다른 종류의 슬럼프였다. 꼭 이겨야만 하는 바로 그 한 판의 바둑에서 이긴 자는 더욱 충일해지지만 패한 자는 깊은 내상을 입게 된다. 그런 아픔을 열여덟의 강은 세 번이나 겪었다. 회복이 더딜 수밖에 없었다. 초조함이 상처를 빨리 아물게 하지는 못한다.

이제는 아마추어 강자로 활약하는 연구생 출신 선배들과 가끔 술을 마셨다. 몇 번인가 담배를 피워보기도 했다. 후배들과 어울리는 것보다 그들과 만나는 것이 편했다. 의외로 밝은 그들의 얼굴은 이무기의 삶도 그리 나쁜 것만은 아니라고 말하고 있었다. 그러나 강은 술을 마시면서도 마음을 다잡았다. 그리 나쁜 것만은 아닌 삶을 살지는 않으리라.

현실은 냉정했다. 봄의 입단대회에서는 강은 최하위권에 머물렀다. 힘 한번 못 써보고 패하는 일이 잦아졌다. 우세한 바둑은 역전당하기 일쑤였다. 의지는 의지대로, 초조함은 초조함대로, 바둑은 바둑대로 모든 것이 제각기 다른 곳에서 움직이고 있었다. 후배들의 재능은 강의 다짐보다 높은 곳에 있었다. 시간은 빠르게 흘러갔다. 강은 추락했다. 여름의 연구생 입단대회에는 참가조차 할 수 없었다.

가을의 입단대회는 강에게 마지막 기회였다. 초조함과 절박함이 극에 달하니 오히려 마음이 가벼워졌다. 마음이 가벼워지자 운석도 가벼워졌다. 서늘한 바람이 강에게 다시금 힘을 불어넣어주었다. 바둑학과에 진학한 최를 마주치는 일이 가끔 있었지만 최에 대한 생각은 뇌리에서 깨끗하게 사라진 지 오래였다. 최를 잊을 수는 있어도 바둑을 잊고 살 수는 없었다. 대학을 외면할 수 있어도 바둑을 외면할 수는 없었다. 바둑이 안겨준 기쁨보다 바둑으로 인한 좌절이 훨씬 더 컸지만 바둑을 저버리고 살아갈 수는 없었다. 강에게 있어 바둑은 사랑 이상의 것이었다. 바둑은 곧 인생이었다. 아니, 인생보다 더 위에 있는 어떤 것이었다.

*

초읽기 속에서도 김의 형세 판단은 냉정하다. 역전에는 이르지 못했다. 여전히 흑이 유리하다. 백은 추격에 박차를 가한다. 이번에는 상변의 흑진에 침투한다. 돌과 돌이 어지럽게 얽히고 있다. 국면이 복잡해지는 것은 백이 바라는 바. 난전을 유도해 어떤 바꿔치기라도 감행해야 한다. 초읽기의 와중에 피차 정확한 수읽기는 불가능하다. 흑도 물러서지 않는다. 기세와 기세가 맞붙고 완력과 완력이 충돌한다. 살을 내주고 뼈를 취하고자 하는 처절한 싸움이 이어진다. 어느덧 대마수상전의 양상. 흑은 하변에서 중앙으로 뻗어나온 백 대마에 위협을 가한다. 절대 선수. 정확한 수읽기를 위해 시간을 벌기 위한 수단이다. 동시에 백 대마의 삶을 강요하고 흑진을 보강해 만에 하나 생길지도 모르는 사태에 대비하려는 것이다. 절체절명의 순간에 백이 손을 뺀다. 상변 흑 대마의 수를 메운다. 그렇게 되면 바꿔치기. 커다란 바꿔치기로 귀결된다. 하변에서 중앙으로 이어진 백 대마가 몰살했다. 그리고 상변의 흑이 전멸했다. 상전벽해. 바꿔치기가 끝나면서 바둑도 끝났다.

장장 삼백 수를 넘어간 바둑이다. 막판에 벌어진 바꿔치기인지라 득실이 명확하지 않다. 흑백 간에 집이 너무 커서 목산도 불가능하다. 반상이 빠르게 메워진다. 마지막에 공배를 메운 것은 흑. 미세할 경우 백의 반집 승리. 혹은 한 집 반 패배일 것이다. 집을 정리하며 계가하는 강의 손길이 떨린다. 안심하지 못하는 것은 김도 마찬가지이다.

사람들이 몰려온다. 모두 숨을 죽이고 결과를 지켜본다. 사석이 많고 집이 커서 계가에도 시간이 걸린다. 거의 모든 집들이 메워진다. 반상에 남은 공간이 거의 없다. 남은 것은 백의 세 집. 그리고 흑의 열한 집. 여섯 집 반의 덤을 제하면 흑의 한 집 반 승리.

리그전의 반집 패배에 이어 이번에는 한 집 반. 도합 두 집이 하늘로 오르려는 강의 발목을 붙잡았다. 승리를 확인하고는 기쁨에 젖은 것도 잠시. 김은 고개를 푹 숙인다. 강 앞에서 차마 기쁨을 표현할 수 없는 탓이다. 그러고는 이내 자리에서 일어나 빠른 걸음으로 대국실을 빠져나간다. 누군가 반상 위의 어느 지점을 가리킨다.

"여기에서 잘못된 것 아닌가."

강의 귀에는 아무 말도 들리지 않는다. 강의 눈에는 아무것도 들어오지 않는다. 세상이 멎어 있는 것만 같다.

구름처럼 몰려들었던 사람들이 웅성거리며 하나둘 자리를 벗어난다. 끝났다. 강도 자리에서 일어난다. 끝났다. 거리에는 어느덧 어둠이 깔려 있었다. 끝났다. 강은 발걸음을 옮기기 시작했다. 알 수 없는 홀가분함이 강을 감싸주었다.

연체

*

하나부터 헤아리기 시작했을까. 혹은 처음에 듣지 못하고 지나친 것까지 감안해서 다섯 정도부터 시작했을까. 고작해야 일 분도 채 되지 않은 일인데도 가물가물하다. 잠이 덜 깬 탓이다. 지난밤 술을 많이 마신 탓이다. 그러니까 나는 지금 숙취와 수면부족 상태인데 전화벨이 울려대는 바람에 잠이 깨고 있는 중이다.

비단 이런 상태가 아니라 해도 이른 시간에 오는 전화는 반갑지 않다. 이른 아침부터의 용건이란 대개 상대방에게만 필요한 것들이다. 내게는 성가시기만 한 귀찮은 일들이다. 그러므로 의식이 돌아오지 않은 상태에서도 전화를 받지 않기로 한 건 매우 합리적인 결정이라고 할 수 있다. 그런데 어느 틈엔가 나도 모르게 전화벨이 울리는 소리를 세고 있었다. 숫자를 헤아리다보면 잠이 더 달아날 것 같아 세는 것을 그만두려 할 때 어디까지 세었는지, 어디부터 세었는지 잊어버렸다는 데까지 생각이 미쳤다. 이게 무슨 얘긴지, 그러니까 내가 지금 무슨 생각을 하고 있는지 나도 모르겠다. 가수면 상태인 탓이다.

잠의 경계에서 오가는 사이에 전화벨 소리가 그쳤다. 안도감을 느끼며 이불을 머리 위로 끌어올렸다. 다시 잠에 빠져들려는 순간 전화벨이 또 시끄럽게 울리기 시작했다. 집 전화번호를 아는 지인은 거의 없다. 어머니나 누이동생일까. 만일 그렇다면 전화를 받으면 아침부터 잔소리나 듣게 될 것이다. 택배업체 직원일까. 아닐 거다. 요즘 인터넷으로 주문한 게 없다. 어쩌면 학교에서? 다음 학기 강의 때문에 뭔가 확인할 거라도 있는 건가? 생각이 거기까지 다다르자 팔을 뻗어 수화기를 들어올렸다.

예상은 모두 어긋났다. 모르는 여자의 목소리였다. 서대문도서관이라고 말하는 여자의 말투는 매우 딱딱했다. 조금 남아 있는 잠기운마저 죄다 달아나버릴 지경이었다. 그녀는 전화를 받은 사람이 나라는 걸 확인하자마자 대뜸 언성을 높였다.

"대출한 지 일 년도 넘게 지났는데 왜 아직까지 책을 반납하지 않으세요? 연락처도 다 바꾸고, 반납도 안 하고, 이러시면 안 되죠."

대출? 무얼? 책을? 내가? 머릿속에서 몇 가지 단어들이 제멋대로 돌아다녔다. 그녀는 미리 단단히 작정이라도 한 듯 빠르게 쏘아댔다.

"연구소로 연락해봤더니 다른 데로 돌려주고, 거기서 알려준 휴대폰 번호로 전화해봤더니 다시 다른 번호를 가르쳐주더군요. 책 한 권 때문에 이게 뭐예요?"

"휴대폰이요?"

집 전화로 걸어놓고 휴대폰이라니. 영문을 알 수 없는 얘기였다. 머릿속이 어지러워졌다. 여자는 잘라 말했다.

"어젯밤에 휴대폰 잃어버리셨더군요."

지끈거리는 머리를 부여잡고 열심히 생각했다. 도서관 대출회원으로 가입할 때 아무 생각 없이 직장 전화번호란에 연구소 번호를 적어놓았나보다. 연구소라고는 해도 딱히 실체가 있는 것은 아니다. 외부 프로젝트를 따올 때 교수 개인 이름으로 하는 것보다는 연구소 이름으로 하는 것이 모양새가 좋다는 계산으로 간판만 걸어놓은 것이다. 현대사회연구소. 어떤 프로젝트에도 어울리는 명칭이다. 본교의 박사 과정급 이상이면 누구나 연구소의 연구원이라고 볼 수 있다. 달리 말하자면 아무도 그 연구소의 연구원이 아니라는 의미이기도 하다. 어쨌든 전화를 받은 누군가는 과사무실로 전화를 돌려주었을 것이다. 거기서 내 휴대폰 번호를 알아내어 전화했더니 다른 사람이 받았고, 그는 우리 집 전화번호를 몰라서 다시 과사무실 번호를 알려주었고, 최종적으로 거기서 집 전화번호를 알려주었다는 얘기일 것이다. 고생이라면 고생이겠지만 그게 어디 죄다 내 탓인가. 나는 그저 집에서 잠만 자고 있었을 뿐이다.

"고의로 반납하지 않은 건 아니시죠?"

"뭐라고요?"

내 목소리도 높아졌다. 하지만 그녀는 자신이 할 말들만 쏟아내고는 곧바로 전화를 끊었다. "요즘 절판된 책을 대출해서는 일부러 반납하지 않는 사람들이 많거든요. 고의로 그런 게 아니라면 당장 반납해주세요."

이런 식으로 잠이 깬 뒤에 다시 잠드는 건 거의 불가능하다. 바닥에 머리를 대기만 하면 잠이 온다는 사람들은 정말로 운이 좋은 이들이다. 아무나 그런 축복을 타고 태어나는 게 아니다. 나처럼 운이 나쁜 사람들은 졸음이 쏟아져서 자려고 하는 때조차도 막상 불을 끄고 침대에 누우면 잠이 달아나버린다. 하물며 이런 경우에는 말할 나위도 없다.

수화기를 내려놓고 담배를 집어들었다. 라이터는 그 옆에 있다. 담배연기가 방 안으로 서서히 퍼져가는 것을 따라 비로소 제대로 의식이 돌아오는 것 같다. 하루가 시작되었다. 늘 그래왔듯이, 다시 또 이 세상이다.

휴대폰은 언제 잃어버린 것일까. 전화를 해봤더니 어젯밤 술자리에 같이 있었던 대학 후배가 받았다. 그는 학교에 나와 있다고 말했다. 곧 찾으러 가겠다고 하고는 전화를 끊었다. 다른 사람들도 있었을 텐데 하필 그 후배가 휴대폰을 챙긴 것도 불운이라면 불운이다. 그에게 안 좋은 감정이 있는 것은 전혀 아니다. 오히려 친하다면 친한 사이다. 그래서 그가 챙겼던 것인지도 모른다. 그는 이삼 년 전에 모교 교수로 임용된지라 휴대폰을 찾으려면 학교에 있는 그의 연구실로 가야 한다. 얼마 전에 모교에서 교수 한 사람을 더 뽑았다. 나도 지원했고, 탈락했다. 이런 시기에 나보다 앞서 나가는 후배의 얼굴을, 모교에 있는 그의 연구실에서 봐야 하는 게 달가운 일은 아니다. 그러고 보니 지난밤에 놓고 온 것은 휴대폰만이 아니었다. 술자리가 2차, 3차로 이어지면서 자동차도 그대로 놓고 왔다는 것도 떠올랐다.

아까는 느닷없는 공격에 의연하게 대처할 만큼 맑은 상태가 아니었다. 무방비 상태에서 한 방 맞았다는 생각에 뒤늦게 기분이 나빠졌다. 그 여자가 잘못 알고 있다. 그녀 말마따나 절판된 책을 갖고 싶어서 도서관에서 대출하는 사람들도 있다고 한다. 나중에 책을 분실했다고 하고 정해진 금액을 지불하는 것이다. 책탐이 많은 사람들은 어떻게든 책을 소유하려고 든다. 나는 그런 사람이 아니다.

책을 짊어지고 이사를 해본 뒤에도 끊임없이 책을 사들이는 사람들이야말로 진정 책을 소유하고자 하는 사람들이다. 이사를 한두 번 하면서 얼마 되지도 않는 책들 때문에 진저리를 친 뒤로 책 사는 일을 끊다시피 해버린 나로서는 절대 도달할 수 없는 경지다. 지금 있는 책들만 해도 버겁다. 고작해야 책장 세 개가 다인데 말이다.

책장 앞에는 몇 개의 박스들이 놓여 있다. 그 안에는 책장이 모자라서 미처 꽂아두지 못한 책들이 들어 있다. 이곳으로 이사한 뒤 내내 그 상태였다. 박스를 풀려면 책장을 더 들여놓아야 한다. 그러려면 여기보다 조금 더 넓은 곳으로 이사해야 한다. 침대 하나, 세 개의 책장, 티브이, 그리고 컴퓨터 책상과 일자형 옷걸이 하나만으로 방 안이 꽉 차는 열네 평 원룸. 내가 사는 곳이다.

도서관의 그 여자는 일 년도 더 지난 일이라고 말했다. 그때라면 이사할 무렵일 것이다. 그즈음에 도서관에 갔을 수도 있지만 책을 대출한 기억은 없다. 내 방에서 시립도서관의 라벨이 붙어 있는 책을 본 기억도 없다. 하지만 내 기억력을 믿을 수는 없다.

침대에서 몸을 일으켜 맞은편에 있는 책장을 훑어보았다. 침대와 책장과의 거리는 책 제목은 물론이려니와 저자 이름까지 다 보일 정도로 가깝다. 책들은 아무렇게나 꽂혀져 있었다. 이사한 직후 책들을 책장에 마구 밀어넣은 뒤에 제대로 정리하지 않은 탓이다. 뒤죽박죽으로 배열된 책들 사이로 도서관의 책은 눈에 띄지 않았다.

담배를 새로 한 개비 피워 물고 침대에서 내려왔다. 휘청거리며 세 걸음. 책장 앞에 서서 찬찬히 살펴보았다. 역시 찾을 수 없었다. 다시 세 걸음. 싱크대 앞으로 가서 물을 틀었다. 요란한 소리를 내며 떨어지는 물줄기에 담배를 살짝 적셔 끄고, 개수대 위에 올려놓았다. 총알처럼 끝이 뾰족해진 담배꽁초가 여섯 개. 물을 튼 김에 세수를 한 뒤 다시 책장 앞으로 돌아와 방바닥에 자리를 잡고 앉았다.

책장 앞에는 다섯 개의 박스가 놓여 있다. 왼쪽 박스부터 풀어볼까. 오른쪽 박스부터 풀어볼까. 어디서부터 시작하건 결과는 마찬가지이다. 내가 왼쪽 박스부터 열어본다면 책은 오른쪽 끝에 있는 박스에서 나올 것이다. 거꾸로 오른쪽부터 풀어본다면 왼쪽 끝의 박스에서 나오겠지. 내가 찾는 것들은 항상 마지막에야 모습을 드러낸다. 가령 필요한 구절이 있어서 정확하게 인용하기 위해 책을 뒤져볼 때 앞부터 찾아보면 뒷부분에, 뒷부분부터 찾아보면 앞에 나온다. 머리를 쓴답시고 앞뒤를 교차해가며 찾아보면 중간쯤에 나오게끔 되어 있다. 나는 운이 나쁘니까.

왼쪽에 있는 박스부터 열어보기 시작했다. 대부분 철 지난 사회과학 서적들이다. 요즘이야 처세술에 관한 책들, 재테크에 대한 책들이 잘 팔리지만 한때 이런 책들이 잘 팔리던 시절이 있었다. 대학 앞에는 이런 책들만 전문적으로 취급하는 서점들이 있었다. 지적 호기심에서였건, 어떤 의무감에서였건 간에 일단 대학에 입학한 뒤 자주 보게 되는 선배들과 친해지려면, 또는 동기들 앞에서 주눅이 든 채로 앉아 있고 싶지 않다면 그런 책들을 읽어야만 했다. 박스 하나는 월간『말』지로 가득 차 있다. 십 년 가까운 정기구독의 흔적이다. 몇 해 전부터는 거의 읽지도 않으면서 차마 끊지 못하고 받아놓기만 했다.

이사할 때 버리려고도 생각했지만 결국 바리바리 싸서 들고 온 책들이다. 비록 열네 평 원룸이 좁다 해도 마음만 먹는다면 어떻게 해서든 적당한 방법을 찾아내서 책들을 정리했을 텐데 굳이 그렇게 하지 않았던 것은 언젠가는 버릴 책들이라고 생각해서였는지도 모르겠다.

몇 권의 책들을 펼쳐보았다. 웃기는 일이다. 자본론 해설서들에는 여기저기 밑줄이 그어져 있지만 정작『자본론』은 깨끗하다. 비합법 출판물로 나왔던『독일 이데올로기』에는 손때가 많이 묻어 있지만 나중에 합법적으로 출판된 원전들은 깨끗하기만 하다.

그리고 또 여기저기 밑줄을 그어가며 읽었던 책.『사회구성체론과 사회과학방법론』『현실과 과학 2』. 그 시절 이 책들을 먼저 읽은 이들은 침을 튀기며 떠들어댔다. 이제는 그 용어들마저도 생경해 보인다. 신식국독자? 단계론? 특성론? 그들이 잘난 척하는 꼴을 보기 싫어서라도 억지로라도 읽을 수밖에 없었다. 나 역시 읽고 난 뒤에는 틀림없이 누군가의 앞에서 잘난 척 떠들어댔을 것이다. 어느 자리에서, 누구 앞에서 그랬는지는 떠오르지 않는다. 기억력이 희미해진다는 것이 이런 경우엔 다행스럽다.

네번째 박스. 비로소 도서관의 라벨이 붙은 책이 눈에 띄었다.『미국의 송어낚시』. 조금 전만 해도 전혀 기억에 없던 것들이 책을 보니 거짓말처럼 한꺼번에 떠올랐다. 일 년쯤 전의 어느 날에 오랫동안 가지 않았던 시립도서관에 갔던 것도. 서가에서 이 책을 보고 무심코 대출했던 것도.

나는 이 책을 알고 있다. 한때 이 책이 대형 서점의 낚시 코너에 꽂혀 있었다는, 진짜인지 거짓말인지, 그 어느 쪽도 다 말이 될 것 같은 이야기도 들은 바 있다. 이 책이 절판되었다는 것도, 그리고 몇 해 전에 다른 출판사에서 새로 나왔지만 또 절판되었다는 것도 알고 있다. 도서관의 담당자가 이 책에 대해 알고 있는 사람이라면 그렇게 퉁명스럽게 전화했던 것도 이해할 만하다.

이 책은 아내가 좋아했던 소설이다. 아내는 오랫동안 발품을 팔며 헌책방을 다닌 끝에 이 책을 구했다고 말했다. 나는 앞부분만 조금 읽어보다가 책을 덮어버렸다. 이런 글이 왜 소설인지 이해하지 못했다. 사람들이, 아내가 왜 좋아하는지도 이해하지 못했다. 내가 좋아할 만한 책이 아니었다.

거슬러 올라가보면 아내를 처음 만났던 대학 시절부터 나는 그녀가 좋아했던 책들을 대체로 이해하지 못했다. 아내 역시 내가 열심히 읽었던 책들을 좋아하지 않았다. 말하자면 이런 식이다. 내가 『자본론』이 출판되었다고 좋아했을 때 그녀는 『잃어버린 시간을 찾아서』 완역본 전권을 다 샀다며 기뻐했다. 내가 『현실과 과학』 따위의 사회과학 무크지들을 읽을 때 그녀는 문예계간지들을 읽었다. 그녀가 기형도를 읽을 때 나는 마야코프스키를 내밀었다. 우리가 같이 읽은 책이라면 두세 권의 『창작과비평』 정도였을 것이다. 그러나 나는 『창작과비평』에 실린 사회과학 논문들만 읽었고, 아내는 그 논문들만 빼놓고 읽었다.

박스 하나를 남겨놓고 책을 찾게 되었으니 이 정도면 운이 아주 나쁜 것은 아니다. 일 년 넘게 연체되었다고는 하지만 책을 반납하면 그만이다. 책을 찾지 못했을 경우 도서관 직원 앞에서 책 도둑으로 오해를 받으며 겪어야 했을 난감함을 생각해보면 오히려 운이 좋다고도 할 수 있다.

운이 나쁜 경우라면 이런 것이다. 예전에 구청으로부터 자동차 가압류장이 날아온 적이 있었다. 난데없이 무슨 얘긴가 싶어 구청에 전화를 했다. 담당자는 자동차 정기검사 유효기간이 지나 삼십만 원의 과태료를 내야 하며, 과태료 납부가 연체되어서 압류장을 발송했다고 말했다. 그는 검사 기간 경과 30일까지 이만 원, 이후 사흘마다 만 원씩 추가되며, 최고 삼십만 원까지 부과된다는 설명도 덧붙였다. 속이 쓰렸지만 할 말은 없었다. 구청에서는 사전에 자동차 검사 안내장을 발송했다. 검사 기간이 지났을 때에도 안내장을 발송했다. 그 안에는 과태료에 대한 설명도 자세히 나와 있었다. 다만 내가 그것을 조금 늦게, 구청에 전화해본 뒤에야 찾아 읽어보았을 따름이다. 그나마 연체료의 상한선이 정해져 있다는 것이 불행 중 다행이었다. 연체료는 연체료대로 불이익은 불이익대로 당하는 억울한 경우도 있다. 한번은 속도위반 과태료를 내지 않았다가 면허정지를 당했다. 뒤늦게 연체료가 더 붙은 과태료를 내도 면허정지가 취소되진 않는다.

이런 일도 있었다. 이사 온 지 몇 달이 지났을 때였다. 어느 날 밤 집에 들어왔는데 불이 들어오지 않았다. 처음엔 전구가 나간 줄 알았다. 라이터를 켜고 집 안으로 들어와 스탠드며, 화장실이며 이것저것 스위치를 눌러봤지만 어떤 불도 들어오지 않았다. 창문을 열고 바깥을 살펴보았다. 다른 집들에는 불이 켜져 있었다. 전기가 끊긴 것이었다. 침대 위에 아무렇게나 널려 있는 옷가지들을 깔고 앉아 가만히 어둠을 바라보았다. 정전이라면 기다려보겠지만 전기가 끊겨버리니 이건 속수무책이라는 심정이 되었다. 서울에서 태어나 줄곧 서울에서만 살아온 나로서는 처음 겪는 상황이었다.

방 안에는 냉기만이 감돌았다. 차츰 어둠에 눈이 익어갔다. 정체를 알 수 없는 시커먼 더미 같은 옷걸이, 버려진 채로 방치된 것 같은 박스들, 책상 위에 널려 있는 찌그러진 맥주 캔들의 그림자들 사이에서 한동안 망연하게 앉아 있었다. 다시 가방을 어깨에 메고 들어왔던 차림 그대로 밖으로 나갔다. 때는 겨울이었고, 가스는 이미 끊겨서 난방이 되지 않았고, 전기마저 끊겨서 전기장판을 사용할 수 없기 때문에 어차피 집에서 잘 수 없었으리라는 생각이 든 것은 여관방에 들어선 다음이었다.

전기가 끊기기 전에는 가스가 절실하게 필요하진 않았다. 집에서 밥을 해 먹는 경우가 거의 없기 때문이다. 가스레인지로 기껏해야 커피물 끓이는 정도인데 전기포트로 해결할 수 있다. 가스보일러가 돌아가지 않는다 해도 소형 전기히터와 전기장판이면 밤을 지낼 수 있다.

가스 외의 다른 것들도, 가령 집 전화가 끊긴다 해도 휴대폰 때문에 큰 불편은 없다. 그래서 뭐가 끊긴다 해도 한참 지나고 나서야 요금을 내고 다시 살리곤 했다. 하지만 전기가 끊기는 것은 질적으로 다른 종류의 일이었다. 여관방에서 하룻밤을 보내고 다음날 눈을 뜨자마자 한전에 가서 밀린 요금과 연체료를 내버렸다.

그런 일을 겪은 후에도 고지서를 곧바로 열어보진 않았다. 봉투를 뜯어보지도 않은 채로 한쪽 구석에 쌓아두었다가 나중에 뭔가 끊긴 뒤에야 연체료를 내는 일이 반복되었다.

나는 무슨 일이 있으면 습관적으로 그 이유를 생각해보곤 한다. 분석과 연구가 내 직업이니 일종의 직업병이라고도 할 수도 있을 것이다. 이렇게 생각하면 어떨까. 일일이 고지서를 챙기고 반드시 마감일 전에 요금을 내야 한다는 것도 일종의 스트레스다. 평소에 전혀 신경 쓰지 않고 마음 편히 지내다가 나중에 한꺼번에 내는 것도 나쁜 일만은 아니다. 연체료란 스트레스를 덜 받는 데에 대한 약간의 대가일 따름이다. 이게 상습연체자의 변명이 되어줄 수 있을까. 아내에게는 통하지 않았다. "쉬운 걸 왜 굳이 어렵게 말해? 귀찮아서, 게을러서 그런 거잖아. 하여튼 느는 거라고는 자기 합리화밖에 없다니까." 그러나 아내는 내게 고지서 처리하는 일을 끝까지 떠넘기지 못했다. 내가 하루 이틀 미루다보면 결국은 아내의 몫이 되었다. 나중에 자동이체로 돌리기 전까지 계속 그랬던 것 같다. 매일 출퇴근하는 아내보다 상대적으로 시간 여유가 있는 내가 처리하는 것이 합리적이겠지만 나는 은행 같은 데 가는 걸 끔찍하게 싫어했다. 별것도 아닌 일을 왜 그렇게 싫어하는지 아내는 이해하지 못했다. 내가 불편하게 여기는 일들을 아내는 대수롭지 않게 생각했다. 그 일 말고도 내가 현실이라고 생각하는 것들을 아내는 비현실적인 것으로 여겼다. 마찬가지로 아내에게 현실적인 것들은 내게 비현실적인 것들이었다. 이렇게 얘기할 수 있을까. 대학 시절을 생각해보지면, 그녀에게는 프루스트가 현실적인 것이고 마르크스가 비현실적인 것이었다. 내게 있어서는 그 반대였다. 예전의 프루스트가 십 년간의 결혼생활을 거치면서 고지서로, 2세에 대한 계획으로, 청약예금 따위로 바뀐 것이다. 그렇다면 마르크스는 무엇으로 바뀌었을까.

"이번에 우리가 발전론 분야를 뽑는 건데 굳이 세분하자면 형은 계급론 쪽에 가깝잖아요. 미묘하게 좀 안 맞는 부분이 있는 것 같대요."

얼마 전에 있었던 모교의 교수 임용에 관한 얘기였다. 휴대폰만 챙겨 곧바로 나올 수는 없어서 차를 한잔 마시는 중에 그는 내가 탈락한 것이 마치 자기 잘못이기라도 한 양 몹시 미안해했다.

"그래? 그렇게 볼 수도 있겠네."

맞장구를 칠 수밖에 없었다. 내가 탈락한 건 누구의 탓도 아니다. 유학을 갔다 오지 않았고 이렇다 할 든든한 인맥이 있는 것도 아니기 때문이다. 그도 갓 임용된 처지에 발언권도 거의 없었을 것이다.

"이번에 된 사람은 어디 출신이야?"

"시카고래요."

"지난번에 버클리 쪽이었으니 이번엔 시카고 차례였던 건가보네."

"그랬나봐요. 김선생이 이번엔 국내 제자들을 밀어줄 것도 같았는데, 막판에 돌아서버렸던 거죠."

무심히 물어봤던 것이었다. 그도 얼떨결에 한 대답이었다. 생각해보니 피식 웃음이 새어나왔다. 역시 세부전공이 어쩌고 하는 건 핑계에 불과했다. 확인할 수는 없지만, 교수 임용에서 가장 중요한 건 어느 쪽 라인을 타느냐가 아닐까. 교수를 뽑는 바로 그 시점에서 자신이 올라탄 라인이 임용의 칼자루를 쥐고 있는 라인인가 그렇지 않은가가 문제의 핵심이다. 김선생은 내 지도교수였다. 지원서를 낸 뒤에 우연히 마주쳤을 때에도 "최박사가 지금 나이가 어떻게 되지?" 하며 관심을 보여주기도 했다. 그래서 나도 이번에 실낱같은 희망을 가지고 있었던 바였다.

모르긴 해도 어느 대학이거나 두 집단으로 나뉘어 있을 것이다. 두 집단으로 나뉘는 기준은, 아무리 생각해봐도 모르겠다. 이념적 지향 같은 건 전혀 아니다. 티브이 토론회 같은 걸 할 때에는 대립하는 것처럼 보이지만 일상 속에서는 그냥 다 그럭저럭 친하게 지낸다. 학맥도 절대적이진 않다. 아마도 개인적인 친소관계가 어떤 이념적 지향보다도 위쪽에 자리 잡고 있지 않을까. 그 속에서 때로는 순번제로 나눠먹기가 적용될 때도 있고 때로는 힘겨루기 끝에 결정되는 경우도 있을 것이다. 이것저것 다 골치 아플 때에는 비교적 중립적인 사람을, 비교적 객관적으로 뽑을 수도 있을 것이다. 그런 타이밍을 잘 맞추는 것이 바로 운인데, 나는 운이 나쁘다. 어쩌다 라인의 끄트머리에 살짝 걸쳐졌다 해도 그때마다 그 라인의 순번이 아닐 때, 약세일 때였을 것이다.

그도 뒤늦게 실수를 알아차리고 멋쩍은 웃음을 흘렸다.

"형도 어디 외국에서 포닥 같은 거 하고 오지 그래요?"

"이제 와서 외국 가서 포닥하고, 교환교수 한다고 많이 달라지기야 하겠어? 어차피 꼬리표는 똑같은데."

"거, 다들 왜 그러나 모르겠어요. 사실 연구 성과를 따져본다면 국내 박사들이 더 우수할 텐데요. 어차피 우리 쪽이야 유학을 가도 결국은 우리나라 케이스를 가지고 학위논문 받는 거잖아요."

제법 미안했던지 그는 립서비스를 아끼지 않았다. 틀린 말은 아니지만, 꼭 그런 것만도 아니다. 적어도 방법론에 관해서는 유학파들이 앞서 있는 것도 사실이다. 그리고 여기서는 공부한다고 해도 학교 잡무며, 생활비 문제며 번거로운 일들이 많은지라 양적인 측면에서도 유학파들이 더 많은 공부를 했는지도 모른다.

임용되지 못한다면 박사학위란 참으로 쓸모없는 한 장의 종이일 뿐이다. 그 한 장의 종이에 이름을 새기기 위해 십 년을 보냈다. 그다음에는 그걸로 어떻게든 자리를 잡아보려고 또 십 년을 보냈다. 일본의 전공투 세대가 대학을 졸업한 뒤 앞을 다투어 방송국으로, 신문사로, 대기업으로 들어갔다는 비아냥거림을 어느 소설에서 봤던가. 제대한 뒤 대학원에 진학한 것은 바로 그 대목 때문이었다. 취직하지 않는다면 할 수 있는 거라고는 진학밖에 없었다.

내가 대학원에 가는 걸 그녀는 탐탁지 않게 여겼다. 집에서 선을 보라고 한다는 거였다. 그녀는 내가 취직하기를 바랐지만 대놓고 요구하진 않았다. 언젠가 아내가 물었다. "너는 왜 나하고 결혼했어?" "그때 결혼하지 않을 거면 헤어지라고 하셨다면서? 딱히 헤어질 생각이 없었으니까 그냥 결혼한 거지, 뭐." 심드렁한 대답이지만 솔직한 것이 최선이라고 생각했던 것 같다. 아내 역시 마찬가지였을 거라고 나는 생각했다. 우리가 결혼한 이유가 다르지 않다고 생각해버리는 것은 기대하는 바도 다르지 않다고 규정하는 것이다. 뒤늦게 생각해보면 내 대답은 정답이 아니었다. 내게 있어서, 그 시점에서는, 그건 정답이 없는 질문이었으나 아내에게는 그렇지 않았다. 아내는 그 뒤에도 같은 질문을 몇 번인가 더 했다. 질문은 똑같았지만, 어조는, 그리고 그 밑에 숨은 의미는 늘 달랐다. 어느 때에는 장난스럽게 물었다. 어느 때에는 화가 난 목소리로 묻기도 했고, 또 말다툼에 지친 끝에 피곤한 목소리로 물었던 적도 있었다. 나는 끝까지 그게 정답이 없는 질문이라고 생각했고, 그 물음 밑에 있는 의도를 애써 모른 척했다. 나도 아내에게 왜 나하고 결혼했냐고 물었던가. 아마 한두 번쯤은 물어보았을 테고 대답을 들었을 것이다. 하지만 아내가 뭐라고 대답했는지 기억나지 않는다.

지나간 일들을 자꾸 생각하는 건 나이가 들어간다는 징조다. 강사 생활도 이제 십 년이 넘었다. 후배들이 임용되기 시작한 것도 이미 여러 해 전의 일이다. 앞으로 몇 년 동안 자리를 잡지 못한다면 대학에서 독방 한 칸 얻는 일은 거의 포기해야 한다. 지난 십 년 동안 같은 과정이 반복되었다. 이력서를 내고, 얼마 뒤 쓴잔을 마시는 것이다. 내 시간은 더디게 흘러갔다.

조만간 다시 술이나 한잔하자는, 지킬 필요 없는 약속을 인사말로 주고받으며 후배의 방을 나왔다. 학교에서 서대문도서관으로 가려면 정문으로 내려가서 버스를 타거나 북문 쪽으로 나가서 걸어가는 두 가지 방법이 있다. 정문까지 내려가서 버스를 타고 가는 건 내키지 않았다. 몇 번 버스를 타야 하는지도 알 수 없었다. 서울시 대중교통 개편인지 뭔지 때문에 수십 년 동안 서울에서 살아왔던 기득권을 한순간에 잃어버렸다. 갓 상경한 사람처럼 정류장에서 노선표를 한참 들여다보고 두리번거리는 건 영 마뜩찮은 일이다. 그렇다고 해서 걸어가고 싶지도 않았다. 일 년여 전에도 그 길을 걸었던 적이 있다.

그날 아내는, 그녀는 서슴거렸다. 법원에 들어가기 전에도, 나온 후에도. 기다리는 시간이 길어지면서 나는 마음이 바빠졌다. 시간에 쫓겨 인사도 제대로 하지 못하고 헤어졌다. 오후에 모교에서 수업이 있는 날이었다. 법원을 나오자마자 급하게 학교로 달려가야만 했다. 헤어지는 마당에 무슨 인사가 더 필요한 건지 알 수 없는 노릇이었지만 인사도 제대로 하지 못했다는 느낌만은 남아 있었다.

강의를 마치고 나와 주차장으로 향하는 대신 북문 쪽으로 나 있는 길로 접어들었다. 십 년, 이십 년 전에는 오가는 학생들도 별로 없던 한적한 길이었는데 자동차들이 쉴새없이 지나가고 있었다. 북문 밖의 주택가에 서태지의 집이 있다고 그녀가 말했던 적이 있는데, 그런 것들은 잊어버리고 있다가도 북문이라는 말이 나오면 곧바로 되살아난다. 그러고 보니 그녀는 서태지도 꽤나 좋아했다. 나는 랩을 좋아할 수 없었다. 학부 시절 딱히 대단한 운동권도 아니었지만, 그 무렵 나오던 모든 것들을 편하게 바라볼 수 없었다. 서태지도 불편하기만 했다. 갑자기 너나 할 것 없이 찾아 읽었던 푸코나 보드리야르도 마찬가지였다. 그렇다고 해서 예전 것들을 붙들고 있었던 것도 아니었다. 더이상 마르크스를 읽고 싶은 생각은 들지 않았다. 한때 너무 많이 틀어서 늘어질 대로 늘어진 민중가요 테이프들을 다시 들었던 적도 없다.

잠깐 담배나 피우려 했던 산책길이 길어져서 걷다보니 어느덧 학교 밖으로 나와 있었다. 서대문구청 앞을 지나 오른쪽 길로 접어들었다. 홍제천을 건너 언덕길로 올라가면 서대문도서관이었다. 도서관으로 들어가 이 책 저 책 만지작거리며 서가를 거니는데 『미국의 송어낚시』가 눈에 들어왔다. 그날에 대한 기억은 거기까지다. 제대로 한번 읽고 싶어서 대출한 것이었는지, 며칠 동안만이라도 그 책을 집에 놔두고 싶었던 것이었는지 떠오르지 않는다.

대학 시절, 그녀는 학교도서관보다 학교에서 멀지 않은 데에 있었던 서대문도서관을 더 좋아했다. 왜 학교도서관에 가지 않고 시립도서관으로 가느냐고 물었더니 그녀는 혀를 찼다. "할 수 없잖아. 기껏 대학이라는 데에 왔는데 도서관이 폐가식이라니. 이게 말이 된다고 생각해?" 나도 학교도서관을 이용한 적은 거의 없었다. 기껏 대학이라는 데에 가봤더니 도서관은 공부하는 곳이라기보다는 어쩌다가 대규모 집회라도 있을 때 철야하는 곳이었다. 휴대폰은 물론 삐삐도 없던 그 시절, 미리 연락하지 않고도 마음만 먹으면 그녀를 만날 수 있었다. 친구들이 스크럼을 짜고 정문 앞으로 내려갈 때 나는 종종 반대 방향인 북문 쪽으로 향했다. 그녀 앞에서는 투사인 척해댔지만, 정문 쪽으로 나가서 최루탄 연기에 괴로워하는 것보다는 그녀를 만나는 것이 더 좋았다. 대학생들이, 정확한 목적지는 모르겠지만 하여간 북쪽으로 가겠다며 홍은동 길바닥에 드러누웠던 어느 여름날에도, 전두환을 체포해야 한다며 연희동에서 싸움을 벌이던 어느 가을날에도 그녀는 도서관에 있었고 나는 그녀를 만나러 갔다. 지척에서 격렬한 시위가 벌어지는데도 도서관 안은 평온하기만 한 것이 다른 세상 같았다. 그녀가 곧 다른 세상이었다.

학교에서 서대문도서관으로 가는 또하나의 방법. 십몇 년 전에는 해보지도 못했을뿐더러 생각도 못했던 것이다. 나는 택시를 타고 도서관으로 향했다.

자료열람실의 도서반납 코너에는 두 명의 직원이 앉아 있었다. 한 사람은 남자였고 다른 쪽은 여자였다. 나는 남자 직원 앞으로 가서 조심스럽게 책을 내밀었다. 기계적으로 책을 받아들고 반납 처리를 하던 그가 놀라는 표정을 지었다.

"많이 늦으셨네. 어이쿠, 이게 언제야."

그에게 늦은 이유를 말해야 하나. 말한다면 뭐라고 말해야 하나. 외국에 있었다고 할까, 병원에 있었다고 할까. 가장 그럴싸한 핑곗거리를 생각하는 중에 옆자리에 있던 여직원이 고개를 돌려 남자 앞에 놓인 모니터를 바라보았다. 그녀는 나를 흘깃 쳐다보았다. 잠깐 동안 시선이 얽혔다. 시풋한 기색이 역력해 보였다. 전화로 다그치던 그 사람인가 싶어 얼굴을 돌렸다. 빨리 자리를 벗어나야 했다.

"이제 된 건가요?"

그가 나를 바라보았다.

"대출증 있으십니까?"

나는 그의 눈길을 피하며 대출증을 내밀었다.

"옛날 거네요. 여기 붙어 있는 사진 필요하세요?"

"사진이요?"

"네. 필요하면 떼어가세요. 이 대출증은 앞으로 사용할 수 없어요."

"왜요?"

"규정상 장기연체자에게는 대출증 발급이 취소되거든요."

여간해서는 올 일이 없는 곳이었지만 그래도 오래된 대출증이 없어진다는 게 기분 좋은 일은 아니었다. 사진은 됐다고 말하고는 몸을 돌렸다. 등뒤로 도서관 직원이 중얼거리는 소리가 들렸다.

"뭐야, 이게. 늦어도 너무 늦었네."

*

　도서관 로비의 공중전화 부스 앞에는 아무도 없었다. 예전에 도서관에서 그녀의 얼굴을 보지 못한 날에는 이 자리에서 줄을 서서 차례를 기다려 전화를 하곤 했다. 백원짜리 동전을 꺼내 주화 투입구에 넣었다. 뚜, 하고 울리는 신호음. 버튼 위에 손을 올려놓았다. 열한 개의 숫자를 눌러보았다. 지금 거신 번호는 착신 고객님의 사정으로 통화하실 수 없습니다. 또 어디에 전화를 걸 수 있을까. 머뭇거리던 손가락들이 일곱 개의 숫자를 눌렀다. 그녀의 친정 전화번호였다. 지금 거신 번호는 없는 번호이오니 확인하신 후 다시 걸어주시기 바랍니다.

　도서관을 빠져나오면서 왜 내가 책을 일 년이나 연체했는지 그 이유를 생각해보았다. 일차적으로 책을 대출했다는 사실조차 잊어버렸기 때문이고, 그건 책이 하필 풀지 않은 박스 안에 있었기 때문이다. 그건 또 박스를 정리할 만한 책장이 없었기 때문이고, 책장이 필요하게 된 건 이사를 했기 때문이다. 거슬러올라가보면 그날 책을 대출했던 것은 도서관에 갔기 때문이다. 도서관에 가게 된 것은? 아내가 떠올라서? 법원 앞에서 인사도 제대로 하지 못하고 헤어져서? 아내와 결별해서?

　이런 식으로 원인을 찾아보는 건 하나마나한 일이다. 끝까지 가보면, 내게 일어나는 모든 일들의 가장 근본적인 이유는 태어났기 때문이라는 대답만이 남게 된다. 내가 하는 생각이라는 게 이렇다. 무슨 일이 있으면 습관적으로 그 이유에 대해서 생각해보는 것은 연구자로서의 직업병이라기보다는 자격지심에 기인한 것이다. 스스로에게 납득 가능한 변명거리를 만들기 위한 것이다. 곧 자기합리화를 위한 것이다. 적절한 수준의 자기 합리화는 필요 불가결한 일이다. 자기합리화의 과잉은 자기 기만으로 이어지고 결여는 자기 비하로 귀결된다. 우리가 읽고, 쓰고, 생각하는 이유는 어쩌면 효과적으로 자기 합리화를 해내기 위해서인지도 모른다.

그러나 아무리 효과적으로 잘해낸다 해도 자기 합리화는 자기 합리화일 뿐이다. 우리가 왜 헤어졌는지 나는 수십 가지의 그럴싸한 이유를 댈 수 있다. 온갖 이론들을 갖다붙여 두툼한 논문이라도 쓸 수 있다. 하지만 그렇게 해서 아무리 세련된 논문을 만들어낸다 해도 내 삶에 아무런 도움이 되지 못한다. 내 분석이란 사후약방문도 못 되는 것이다.

내 일에 대해서도 회의가 생길 때가 많다. 웃자고 하는 말로, 한국 사회는 사회도 아니다. 사회라면 응당 사회학적 잣대로 분석이 되어야 할 텐데 도대체 분석이 되지 않는다. 웃자고 하는 말이 아닌 말로, 내가 하는 연구라는 것도 실상 아무짝에도 쓸모없는 일이다.

어젯밤 홍대 앞의 골목길에 세워두었던 자동차에는 불법주차 딱지가 붙어 있었다. 그럼 그렇지. 내가 하는 일인데, 이런 게 붙지 않을 리가 없다. 나는 운이 나쁘니까. 그러나 '운'이라는 말을 '머리'로 바꾸어도 된다는 것을, 사실은 바꾸어야 한다는 것을 나는 알고 있다. 나는 머리가 나쁘다. 아이큐나 암기력 같은 것과는 다른 종류의 머리다. 머리가 나빠서 고지서 같은 것들은 그때그때 펼쳐보고 납기 전에 요금을 내야 한다는 것을 자꾸 잊어버리게 된다. 솔직함을 가장해 상대에게 주지 않아도 될 상처를 주는 것도 머리가 나쁘기 때문이다. 하나 마나 한 생각을 습관적으로 하는 것도 머리가 나쁘기 때문이고, 아무짝에도 쓸모없는 걸 연구랍시고, 학문이랍시고 붙들고 있는 게 다 머리가 나쁘기 때문이다. 똑같이 학생운동을 했어도 머리가 좋은 이들은 국회에 들어가 있는 것처럼, 똑같이 국내에서 박사학위를 받았다 해도 머리가 좋은 친구들은 일찌감치 교수가 되었거나, 일찌감치 교수가 되는 것을 포기하고 다른 방면으로 진출했다.

자동차 유리창에 붙어 있는 불법주차 과태료 딱지를 떼어내어 콘솔박스에 구겨넣고는 차에 시동을 걸었다. 합정역을 지나 강변북로를 거쳐 내부순환로로 접어들었다. 높은 빌딩들이 발밑으로 지나가고 눈앞에 하늘이 펼쳐진다. 속도를 내서 달리다보면 이 도로가 하늘 아래 오직 하나만 있는 길처럼 느껴진다. 커브 길에 접어들면 비로소 땅 위의 풍경들이 눈에 들어온다. 오래된 아파트들, 낡은 건물들, 그리고 내부순환로 밑에 우뚝 서 있는 거대한 교각들.

십여 년 전 홍제천 한가운데에는 철근들이 여기저기 비어져나온 거대한 콘크리트 기둥들이 우뚝 서 있었다. "저 흉물들은 다 뭐야?" 그녀가 대답했다. "도로 만드는 거야." "어느 세월에?" "십 년 안에는 다 만들겠지."

그때는 십 년이 눈 깜짝할 사이에 지나가는 짧은 시간일 거라고는 생각하지 못했다. 예전의 흉물들은 어느덧 허공 위의 길을 떠받치는 든든한 기둥으로 탈바꿈했다. 이제는 나도 제대로 된 길을 만들어야 하지 않을까. 나이 마흔이 넘었는데 어느 세월에? 십 년은 또 금방 지나갈 것이다. 십 년 세월이라면 거대한 교각을 세워야 하는 높고 화려

한 도로는 아니더라도 마음 편히 거닐 수 있는 조그마한 샛길 하나쯤
은 만들 수 있지 않을까.

　오후 네시. 조금씩 차가 밀리기 시작하더니 거의 멎다시피 했다. 자
동차 에어컨이 고장난 것은 작년 여름의 일인데 아직 고치지 못했다.
카오디오도 고장난 지 오래다. 라디오를 켜고 여기저기 돌려보지만
하나같이 지루한 멘트와 짜증나는 음악들만 흘러나온다. 팔월의 태
양은 뜨겁기만 하고, 도로는 달아올라 이글거리고, 창문 사이로 바람
한 점 들어오지 않는다. 내부순환로에서는 유턴이 불가능하다. 아무
리 밀려도 계속 그대로 가는 수밖에 없다. 갑갑하다. 제발, 좀, 어서,
길이라도 뻥 뚫려라. 이런 건, 정체된 도로는 더이상 길이 아니다. 나
중에 법규 위반 과태료를 낸다 하더라도 시원스럽게 질주하고 싶어진
다. 갓길로라도. 핸들을 끝까지 돌리고, 브레이크 페달을 밟은 오른발
을 천천히 들어올려본다. 발을 옮겨 가속페달을 밟고, 힘차게, 달려갈
까. 말까.

해피버스데이

*

하늘이 높지도, 푸르지도 않던 어느 가을날이었습니다. 천년만년 영원히 대통령일 것만 같던 각하께서—오죽하면 대통령배 축구대회를 아예 박스컵이라고 했을까요—총에 맞아 죽었습니다. 각하가 죽었다고 하니 조금 이상한 느낌이 들었습니다. 각하께서는 보통 사람들과는 아예 다른 존재인 줄 알았거든요. 그래서 죽음 같은 것하고는 거리가 먼 줄로만 알았거든요.

그 무렵 날씨는 을씨년스럽기만 했습니다. 나는 아무것도 몰랐습니다. 엄마의 닦달에 매일같이 신문을 보긴 했습니다만 스포츠 기사와 해외토픽만 골라 읽었던 열세 살짜리 어린아이가 무얼 얼마나 알았겠습니까. 그나마도 읽지 않았던 다른 친구들은 더 몰랐을 겁니다.

담임 선생님은 칠판에 逝去라고 커다랗게 써놓고는 비통해했습니다. 조국과 민족의 장래에 대해서 심각하게 걱정하기도 했습니다. 얼마 전에 새로 오신 교장 선생님은 전체 조회시간에 카랑카랑한 목소리로, 장차 나라를 이끌어갈 여러분이 이런 때일수록 쓸데없이 노는데에 정신 팔지 말고 정신 바짝 차려서 열심히 공부해야 한다고 아주길게 말했습니다. 그런데 대통령이 총에 맞아 죽었다 해서 왜 우리가갑자기 열심히 공부해야 하는 것인지에 대해서는 말하지 않았습니다.

이전 교장 선생님은 조회시간에 길게 말하지 않으셨습니다. 우리는그분을 좋아했습니다. 우리하고 즐겨 어울리셨거든요. 우리가 여자아이들이 노는 데에 가서 고무줄을 끊고 달아나기라도 하면 여자아이들은 교장 선생님에게 달려가곤 했습니다. 그러면 교장 선생님은 허허웃으시면서 기꺼이 고무줄놀이의 망을 봐주셨죠. 우리는 그래도 포기하지 않았습니다. 교장 선생님의 보호망을 뚫고 고무줄을 잘라버리고도망가는 일은 짜릿했습니다. 교장 선생님이 바뀐 후, 그분이 겨울철에 난로 연료로 쓰던 갈탄을 몰래 빼돌린 게 발각되는 바람에 교직을그만두었다는 소문이 나돌았습니다. 그까짓 갈탄이 무어 대단한 거라고 교장 선생님이 학교를 그만두어야 하는 건지 모르겠습니다.

아무것도 몰랐던 우리는, 비록 逝去가 무슨 말인지는 몰랐지만, 선생님들이 그러했듯이 덩달아 비통해했습니다. 비통에 잠기는 것도 영재미없는 일만은 아니었습니다. 아무나 조국과 민족의 미래에 대해걱정하는 건 아닐 테니까요. 걱정을 많이 할수록, 더 많이 비통해할수록 애국자처럼 보였습니다.

남침 준비를 끝낸 괴뢰군이 휴전선에 모여서 틈만 엿보고 있다는흉흉한 소문이 나돌았습니다. 아이들은 괴뢰군과 국군이 싸우면 누가 이길까 이야기했습니다. 김일성 목 뒤에 붙어 있는 혹만 잘라버리면 김일성이 죽을 거라며 그러면 전쟁은 끝이라는 얘기도 묘하게 설득력이 있었습니다만, 누가 어떻게 그걸 잘라낼 것인지, 그러면 진짜로 김일성이 죽을 것인지에 대해서는, 그리고 또 혹을 잘라내느니 목을 잘라버리는 게 더 확실히 죽게 할 수 있는 방법인데 왜 굳이 혹을 잘라내야 하는 건지에 대해서는 아무도 말하지 않았습니다.

어떤 이야기가 오가건 결론은 항상 국군이 이기는 쪽으로 났습니다. 조국과 민족의 장래를 생각하자면 그렇게 되어야만 했습니다. 하지만 혹시라도 괴뢰군이 이기면 어떻게 하나 하는 생각에 은밀히 몸을 떨었습니다. 만에 하나라도 그런 일이 벌어진다면 괴뢰군의 총구 앞에서 "나는 공산당이 싫어요"라고 외쳐야 하는 건지, 그러다가 총에 맞아 죽어야 하는 건지, 꼭 그래야 하는 건지, 생각하자면 무서운 일이잖아요.

"잘 죽은 거야. 박정희가 얼마나 나쁜 놈인데."

모든 사람들이 비통해하고 애통해하던 그즈음에, 휴전선을 지키는 국군 아저씨들에게 마음속으로 진심 어린 응원을 보내던 그즈음에 필주가 내뱉듯이 한 말이었습니다.

필주는 공부를 잘했습니다. 또 필주네 집에는 책도 많았고 신기한 것들도 많았습니다. 필주는 우리가 모르는 걸 알고 있었나봅니다. 하지만 필주는 뭘 좀 아는 사람들 앞에서 그렇게 말해야 했습니다. 아무것도 몰랐던 아이들은 필주를 이상한 놈으로 봤습니다.

"이 새끼가 진짜 미쳤나. 김일성이 밀고 내려오면 어떻게 해?"

"유 헤드 빙빙?"

필주는 뭘 모르는 애들 앞에서는 더이상 얘기하고 싶지 않다는 듯이 입을 굳게 다물었습니다. 나도 아무것도 몰랐지만 필주에게 뭐라고 하진 않았습니다. 혼자서만 다르게 말하는 필주가 뭔가 알고 있는 것처럼 보였습니다. 아주 어른스럽게 느껴졌습니다.

예전에 필주네 집에 갔을 때 필주는 아랫도리를 풀어헤친 여자들과 남자들이 뒤엉켜 있는 일본 그림들을 보여주었습니다. 털 하나하나가 다 보일 정도로 자세하게 그려진 그림들이었습니다. 필주네 집에 가서 그걸 본 아이는 나와 상욱이 말고는 없었습니다. 그건 필주가 나와 상욱이를 특별하게 생각하고 있다는 증거였습니다.

"씨발, 이거 보면 볼수록 죽여주네."

그림이 뚫어져라 눈을 빛내던 상욱이가 마른 침을 꿀꺽 삼키며 말했습니다. 말은 하지 않았지만 나도 침이 꼴까닥 넘어갔습니다. 하지만 필주는 아무렇지도 않다는 듯이 말했습니다.

"사진보다 이런 그림이 더 꼴리는 법이지."

그렇게 말할 때의 필주도 꽤나 어른스러워 보였습니다만, 대통령이 잘 죽었다고 말했을 때에 비하자면 쨉도 되지 않습니다. 정말이지 어른들보다도 더 어른스러워 보였으니까요.

필주네 집에는 일본 그림 말고 다른 재미있는 것들도 많이 있었습니다. 『소년중앙』이니 『어깨동무』니 하는 만화잡지들도 많았습니다. 필주네 아버지는 신문사인지 잡지사인지 그런 만화잡지들을 공짜로 얻을 수 있는 직장에 다닌다고 했습니다. 그래서 월말이면 만화잡지

들을 많이 들고 온다고 했습니다. 어디 그뿐인가요. 필주네 집에는 '새소년 클로버문고'도 거의 다 있었습니다. 아마 백 권도 넘을 겁니다. 필주네 갈 때마다 한두 권씩 보고 옵니다. 지난번에는 『대야망』과 『로보트 태권브이』를 보고 왔습니다. 그 만화들을 보고 있자니 태권도가 배우고 싶어졌지만, 배운다 해서 아무나 최배달 아저씨처럼 당수로 소를 때려눕히는 건 아니겠지요. 어쨌든 필주네 집에 가면 심심할 틈이 없습니다.

상욱이네는 시장에서 미제 가게를 합니다. 그래서 가끔 상욱이는 듣도 보도 못한 것들을 학교로 들고 오곤 합니다. 부모님 몰래 쌔벼오는 거죠. 덕분에 필주와 나는 사탕보다도 달콤한 건포도며, 부드럽고 고소한 치즈 같은 신기한 것들을 맛볼 수 있었습니다. 상욱이가 들고 오는 것 중에서 가장 신기한 건 뭐니뭐니해도 쎅쓰 책입니다. 홀딱 벗은 양코배기 남자 여자가 기묘한 자세로 얽혀 있는 사진들이 잔뜩 있는 책입니다. 미제 가게에는 별의별 게 다 있나봅니다.

상욱이가 필주와 나한테만 그 책을 보여준 것은 아니었습니다. 교실 뒤쪽에 앉아 있는 우리 반 남자 아이들은 거의 모두 다 그걸 봤습니다. 상욱이가 그 책을 학교에 들고 오는 날이면 교실에서는 한바탕 난리가 납니다. 찬물도 위아래가 있듯이 그 책을 보는 데에도 순서가 정해져 있습니다. 물론 필주와 내가 일순위입니다. 그다음에는 키가 큰 애들부터 봅니다. 그 책을 보겠다고 몰려드는 키 작은 남자아이들에게 상욱이는 이렇게 말했습니다.

"거기에 털 난 새끼들만 봐."

그런데 털도 안 난 새끼들도 기어이 보겠다고 법석을 떨어대니 난리가 나지 않을 수 있겠습니까. 심지어 자기도 보고야 말겠다며 고개를 들이미는 여자아이들도 있었습니다. 상욱이는 여자아이들에게 이렇게 말했습니다.

"이건 부라자 한 여자들만 볼 수 있는 거야. 그러니까 부라자 한 증거를 보여줘야 돼."

지난여름 내내 부라자를 한 여자아이들만 골라 등뒤에서 부라자 끈을 잡아당겼다 놓는 장난을 쳤던지라 누가 부라자를 했는지 뻔히 알고 있으면서도 그렇게 말하는 걸 보면 상욱이는 어지간히도 능글맞은 녀석입니다. 쎅쓰 책을 보기 위해 몰래 자기 털을 보여주는 남자아이들은 몇몇 있었습니다만, 부라자를 하고 있다는 증거를 보여주려고 옷을 걷어올리는 여자아이는 아무도 없었습니다.

"싫어."

그러면 상욱이는 유치하게도 이렇게 대꾸합니다.

"싫으면 시집가라."

말만 유치하게 하는 게 아닙니다. 육학년씩이나 되어서 여자아이들에게 아이스케키를 하는 녀석은 상욱이밖에 없을 겁니다. 그리고 또 대낮에 남의 집 벨을 누르고 도망가거나, 한밤에 폭음탄을 던져놓고 도망가거나, 또는 학교에서 여자아이들 노는 데 가서 고무줄을 끊고 도망을 가거나, 공깃돌을 빼앗아 도망을 가거나…… 주로 도망 다니는 일들밖에 없습니다만, 안전한 곳까지 헐레벌떡 달려간 뒤에 서로 얼굴을 마주보며 킥킥대는 재미도 쏠쏠했습니다.

우리 집엔 재미있는 게 없습니다. 친구들에게 보여줄 만한 신기한 것도, 가지고 놀 만한 것도 없습니다. 엄마와 여동생과 같이 자는 방

한구석에는 미키마우스 머리끈이 쌓여 있습니다. 엄마는 하루종일 조그만 미키마우스 인형을 꿰매어 머리끈에 매다는 일을 합니다. 나도 친구들을 집으로 데려오고 싶었습니다만, 열세 살이란 나이가 바느질하는 엄마가 바로 옆에 있는 좁은 방으로 친구들을 데리고 와서 놀 만큼 철없는 나이는 아니잖습니까.

"엄마, 우리는 이사 안 가?"

"가야지."

"언제 갈 건데?"

"아버지 오시면 가야지. 우리만 먼저 갈 수 있나."

"치, 맨날 그래. 아버진 언제 오는데?"

"금방 오실 거야."

머나먼 나라 싸우디아라비아로 돈 벌러 간 아버지가 빨리 왔으면 좋겠습니다. 아버지가 와야 이사를 갈 수 있습니다. 이사를 가야 내 방이 생길 테고, 내 방이 생기면 나도 친구들을 집으로 부를 수 있게 됩니다. 그러나 금방 온다는 말은 먼 훗날에 온다는 것과 다르지 않은 얘기입니다. 엄마는 언제나 그렇게 말했으니까요. 엄마가 거짓말쟁이라는 얘긴 아닙니다. 거짓말이 아닌 거짓말도 있는 법이잖아요. 국민학교에 갓 입학한 여동생 승경이가 나한테 아빠 언제 오냐고 물어볼 때 나도 엄마처럼 대답했습니다. 금방 오실 거라고요.

*

　가을이 채 다 가기 전이었습니다. 갑자기 기온이 뚝 떨어져서, 겨울도 아닌데 겨울보다도 더 춥게만 느껴지는 날이었습니다.

　방과 후에 집에 가려고 나오는데, 교사(校舍) 현관에 우리 반 아이들 여럿이 모여 있었습니다. 그날은 혜정이의 생일이었습니다. 생일잔치에 초대받은 아이들이 혜정이네 집에 가려고 모여 있었던 것이었습니다.

　"저 새끼들 저기서 뭐하는 거냐."

　필주가 혀를 찼습니다. 혜정이의 생일에 여자아이들이 모이든지 말든지 우리가 알 바 아닙니다만, 그곳에는 남자아이들도 여럿 있었습니다. 그게 거슬렸던 겁니다.

　"야, 다 모였으면 빨리 가자."

　상철이의 목소리가 가장 컸습니다. 봄 소풍 때에 일약 인기스타가 되었던 녀석이지요. 나와서 노래하라고 하면 다들 얌전한 노래나 하는 게 고작인데 그때 상철이는 동남아 공연에서 막 돌아왔느니 어쨌느니 하며 너스레를 떨고는 몸을 흔들며 멋들어지게 유행가를 불렀습니다. "마음 약해서 잡지 못했네. 돌아서는 그 사람. 짜라짜짜짜짜~" 아이들은 환호성을 질렀습니다.

　"해당화가 고웁게 핀 바닷가에서 나 혼자 걷노라면 수평선언 멀리." 이 노래는 〈누가누가 잘하나〉라는 텔레비 프로에 나가서 동상을 받았다는 지은이가 일 년 내내 불렀던 노래입니다. 텔레비 프로가 뭐 별거라고, 동상이 뭐 대단한 거라고 노래시킬 일만 생기면 담임 선생님도 그렇고, 애들도 그렇고 지은이를 지목하곤 했습니다. 그러면 지은이는 빼고 빼다가, 왜 그렇게 매번 빼다가 결국에는 부르고야 마는지 모르겠습니다만, 못 이기는 척 나와서 그 노래를 불렀습니다.

상욱이가 "넌 왜 맨날 그 노래만 부르냐? 딴 노래도 좀 불러"라고
하자 지은이는 새침한 목소리로 "흥, 내 맘이야"라고 대답했습니다.
상욱이는 그 대답이 마음에 들지 않았는지 지은이가 노래를 부르면
"저거 순전히 돼지 멱따는 소리야"라고, 선생님들에게 안 들릴 만한
소리로, 주변 아이들에게 말하곤 했습니다.

그게 기분이 나빴다면 상욱이한테 따져야 할 일 아니겠습니까. 그
런데 여자아이들은 엉뚱하게도 부반장인 남수의 노래에 트집을 잡았
습니다. 남수가 남자아이들 중에서 가장 노래를 잘했거든요. 상욱이
가 여자 대표선수를 끌어내렸으니, 자기네들은 남자 대표선수를 끌
어내려야겠다고 생각했던 모양입니다. 앉아서 오줌 누는 애들 생각
이라는 게 뭐 그렇지요. 남수는 요들송을 잘 불렀습니다. "저 알프스
의…… 요를레이호~"

"그게 노래니? 처녀귀신 부르는 소리지."

여자아이들이 그렇게 말하는 걸 듣고 나니 우리들 귀에도 남수의
요들송이 처녀귀신을 부르는 소리로 들렸습니다. 사실 우리도 남수
를 별로 좋아하지 않았거든요. 남수네 엄마는 툭하면 학교로 찾아옵
니다. 걔네 엄마가 왔다 가면 담임은 갑자기 남수한테 관심이 많아집
니다. 걔네 엄마가 왜 학교에 왔는지, 담임이 왜 남수에게 잘해주는지
우리도 알 건 다 알고 있습니다. 그러다보니 좋게 봐줄 수 없는 녀석
이었지요. 그래도 우리는 남수 편을 들어줬습니다. 남자라면 마땅히
남자 편을 들어야 되니까요.

"웃기시네. 노래 부르면서 질질 짜는 것보단 차라리 처녀귀신 부르
는 소리가 낫다."

"오랫동안 사귀었던 정든 내 친구야. 작별이란 웬 말인가. 가야만 하는가." 누가 전학이라도 가게 되면 여자아이들은 이 노래를 부르곤 합니다. 불러도 그냥 곱게 부르는 게 아니라 질질 짜면서 부릅니다. 심지어 전혀 친하지 않았던 아이가 전학을 갈 때에도 이 노래만 불렀다 하면 자동적으로 눈물을 흘립니다. 그 꼬락서니를 보고 상욱이는 이렇게 말했습니다. "놀고 자빠졌네."

상철이가 〈마음 약해서〉를 부름으로써 남녀의 벽을 넘어 우리 반의 스타로 떠오르긴 했습니다만 그건 잠시뿐이었습니다. 녀석이 하는 짓을 보면 툭하면 여자애들 앞에 가서 재롱이나 떨어대고, 또 넉살 좋게도 여자아이들 집으로 놀러가기까지 했던지라 남자아이들끼리 놀 때에는 잘 끼어주지도 않았습니다. 아예 대놓고 무시하던 녀석이었죠. 그런 아이였으니 상철이가 혜정이 생일잔치에 가는 무리에 끼어 있는 것은 전혀 이상한 일이 아니었습니다. 다만 반장인 한성이도, 부반장인 남수도 그 무리 속에 끼어서 시시덕거리고 있다는 게 한심스러운 노릇이었습니다.

"웃기는 새끼들."

나도 혀를 찼습니다. 잠시 후에 더 크게 혀를 찰 만한 일이 벌어졌습니다. 그 무리 속에서 뒤늦게 상욱이를 발견한 겁니다. 며칠 전만 해도 여자아이 생일에 왜 가냐며 펄쩍 뛰던 상욱이였습니다. 어쩐지. 예전에 "이거, 맥그리거다"라고 자랑하던 재킷을 입고 온 걸 보면, 아침에 등교할 때부터 혜정이 생일에 갈 생각이었던 겁니다. 쌀쌀한 날에 입기엔 얇은 옷이었거든요. 우리를 본 상욱이는 시치미를 뗐습니다. 늘 우리와 함께 도망 다녔던 상욱이가 그날만큼은 우리로부터 도망갔던 거였습니다. 신숙주 같은 새끼.

며칠 전, 한성이와 남수가 남자아이들이 모여 있는 곳에 와서 혜정이 생일 때 남자아이들도 불렀다면서 어떻게 할 거냐고 물었습니다. 그때 대뜸 "미쳤냐. 우리가 계집애들 노는 데에 왜 가!"라며 다른 아이들이 말할 기회도 막아버린 녀석이 바로 상욱이였습니다.

그땐 아무도 가겠다고 하지 않더니, 언제 모두 다 저쪽으로 붙어버린 것일까요. 한성이나 남수는 그렇다고 쳐도 어떻게 해서 상욱이까지 거기 끼어 있게 된 것일까요.

어쩌면 혜정이와 그 무리가 남자아이들을 데리고 가기 위해 별다른 노력을 하지 않았을지도 모릅니다. 혜정이는 용모가 단정했고 키가 컸고 공부도 잘했고 성격이 야무진 아이였습니다. 그렇긴 해도 용모로 따지자면 지은이가 더 예뻤습니다. 게다가 지은이는 노래도 잘했고요. 똑똑하기로 치자면 여자 부반장인 진희가 공부를 더 잘했지요. 성격으로 보자면 야무지고 뻣뻣한 혜정이보다 상냥한 여자아이들은 많았습니다. 깜찍한 짓을 곧잘 하는 은정이는 담임 선생님의 귀여움을 독차지했습니다. 하나하나 따져보면 혜정이가 제일인 것은 아무것도 없었습니다. 그럼에도 불구하고 혜정이는 남자아이들 사이에서 은근히 인기가 높은 편이었습니다. 혜정이에 대해 물어보는 다른 반 남자아이들도 있을 정도였습니다. 필주는 그 이유에 대해, 그야말로 어른스러운 말투로, 이렇게 말했습니다.

"도도한 여자가 매력적인 거야."

매력이니 도도니 하는 우리가 잘 안 쓰는 말을 가끔 쓸 때도 있지만 그렇다고 해서 필주가 잘난 척이나 하는 재수 없는 아이는 아닙니다.

평소엔 이렇게 말을 합니다.

"치사빤쓰다. 좆도 의리 없는 새끼."

필주는 엄지를 검지와 중지 사이에 끼고 상욱이를 향해 주먹을 쥐어 보였습니다. 질세라 나도 한마디 던졌습니다.

"니미 뽕이다."

그러자 상욱이는 머쓱한 얼굴로 실실 웃으면서도 우리에게 주먹감자를 날리더군요. 왼손을 받치고 오른손으로 한 번, 오른손을 받치고 왼손으로 또 한 번. 그것도 모자라서 무릎으로까지 주먹감자를 날렸습니다. 머쓱하니까 괜히 하는 짓거리겠지만 웃기지도 않았습니다. 하여튼 유치한 녀석입니다.

필주가 비장한 얼굴로 선언하듯 말했습니다.

"저 새끼랑은 이제 절교다."

나도 결연한 의지를 담아 대꾸했습니다.

"응. 진짜로 절교야."

'절교'라고 말하면 기분도 어쩐지 괜찮아지는 것 같고 왠지 어른스러워진 느낌도 들어서 조금이라도 못마땅한 일이 있으면 걸핏하면 절교선언을 했습니다만, 이번 경우에는 진짜로, 진짜로 절교입니다. 우리한테 말도 안 하고 거기 가서 붙어버렸으니 배신도 이런 배신이 또 어디 있겠습니까.

우리가 못마땅한 표정으로 고개를 돌리고 아이들 앞을 지나치려 할 때 혜정이가 앞을 가로막았습니다.

"같이 가지 않을래? 지난 일은 잊고 같이 가자."

혜정이가 잊자고 한 지난 일이란 아마도 봄에 있었던 사건일 겁니다. 담임 선생님이 수업하는 게 귀찮아졌던지 학생들에게 수업을 시켰던 적이 있었습니다. 학생들이 돌아가면서 미리 준비를 해서 수업을 진행하는 거였죠. 내 차례가 되었습니다. 학교 앞 문방구에서 커다란 전지와 매직을 샀습니다. 코끝을 간질이는 매직 냄새를 맡으며 수업할 내용을 전지에 빽빽하게 적었습니다. 다른 아이들이 했던 것처럼 괘도판에 전지를 걸어서 수업을 했습니다. 준비한 내용을 다 말한 뒤에 교실을 둘러보며 말했습니다.

"질문 있으십니까?"

혜정이가 손을 들더니 뭔가를 질문했는데, 뭐였더라? 하여튼 쉬운 거였습니다. 똑똑한 척은 혼자 다 하더니. 나는 피식 웃으면서 이렇게 말했습니다.

"그건 사학년 교과서에 나오는 건데, 그때 수업시간에 졸았죠?"

아이들이란 원래 수업과 관련이 없는 얘기가 나오면 잘 웃게 마련입니다. 내 얘기에 교실 안에 웃음꽃이 활짝 피어났으니 나로서는 꽤나 성공적인 얘기였습니다. 그러나 웃음거리가 되었다고 생각했는지 혜정이의 얼굴이 발갛게 물들었습니다. 얼굴이 붉어지면 고개를 숙이는 게 보통의 여자아이들입니다만, 혜정이는 붉어진 얼굴을 똑바로 들고 나를 쏘아보았습니다. 쌕쌕거리는 숨소리가 내게까지 들리는 것 같았습니다. 수업이 끝나자마자 혜정이가 내게 다가오더니 찬바람이 쌩쌩 도는 목소리로 말했습니다.

"사과해!"

"뭘?"

뭘 사과하라고 하는 것인지, 무얼 사과해야 하는 것인지 나도 어렴풋이나마 알 것 같았습니다. 수업시간에 혜정이의 얼굴이 단번에 붉어졌던 것을 봤으니 말입니다. 혜정이의 날카로운 시선이 내 마음에 꽂혔으니 말입니다. 하지만 나는 미안하다고 말할 수 없었습니다. 왜냐하면 수많은 아이들이 우리를 쳐다보고 있었거든요.

"아까 네가 나를 무시했잖아."

나는 목에 힘을 주고는, 한편으로는 매우 귀찮다는 듯이 대꾸했습니다.

"언제? 뭐가?"

버텨야 했습니다. 여자아이한테 약한 남자아이는 남자아이들 사이에서 놀림감이 될 게 뻔하니까요. 우리가 상철이를 웃기는 놈으로 취급하는 이유도 다 녀석이 여자애들 앞에서 헬렐레했기 때문입니다. 상철이야 원래 웃기는 놈이지만, 그래서 여자아이들이랑 어울리는 걸 더 좋아하는 녀석이지만 나는 웃기는 놈이 되고 싶지 않았습니다. 사나이의 세계에서는 한번 웃기는 놈으로 찍히게 되면 그걸로 끝장입니다.

"내 질문을 놀림거리로 삼았잖아."

혜정이의 목소리는 더욱 날카로워졌습니다.

"에이, 씨이."

나는 부러 큰 목소리로 말하고는 자리에서 벌떡 일어났습니다. 아이들은 우리가 한바탕 붙는 것을 기대했을지도 모르겠습니다만, 잘한 것도 없는 마당에 어떻게 그렇게 하겠습니까. 그즈음에 『삼국지』를 읽었던 나는 대의명분이라는 게 뭔지 알고 있었습니다. 그 시점에서 대의와 명분은 모두 혜정이에게 있었습니다. 나는 그 자리를 피해 교실 밖으로 빠져나갔습니다. 혜정이는 포기하지 않고 내 뒤를 따라왔습니다. 나는 재빨리 계단을 내려와 운동장을 가로질러 멀리멀리 달려갔지요. 운동장 끝 철봉 앞까지 이르자 더 뛰는 것도 힘들어서 혜정이가 다가오는 것을 보면서 가만히 있었습니다. 계집애가 독하기도 하지. 끝까지 따라오더군요.

"어서 사과해."

운동장 한구석, 보는 눈도 없으니 미안하다고 말해버릴까 하는 생각도 조금은 있었습니다. 하지만 그게 소문이 나면 어떻게 합니까. 계집애한테 미안하다는 말이나 하는 물러터진 새끼라는 오명을 뒤집어쓰게 될 겁니다. 그렇긴 해도, 뒤늦게 생각해보면, 혜정이는 야무진 만큼 뒤끝도 없는 아이라 소문을 내거나 하지 않을지도 모르지요. 옹졸한 건 나였습니다. 운동장 끝까지 쫓아오는 혜정이를 보니 오기가 생겼던 것도 같습니다.

"못 하겠다면 어쩔 건데?"

"받아내고야 말 거야."

"쳇, 맘대로 하셔."

나는 다시 뜀박질을 시작했습니다. 혜정이가 뒤를 쫓아왔지만 나를 따라잡지는 못했지요. 똑같은 일이 그다음 쉬는 시간에 반복되었습니다. 수업을 끝내는 종이 울리자마자 혜정이가 내 자리로 다가왔고, 나는 운동장으로 달아났고, 혜정이가 뒤쫓아왔고, 나는 더 멀리 달아났습니다. 수업종이 울릴 때까지 십 분간 쫓고 쫓겼습니다. 점심시간도 마찬가지였습니다. 하루종일 우리는 운동장을 뛰어다녔습니다. 숨바

꼭질은 며칠간 계속되었습니다. 입술을 꼬옥 깨물고 나를 쫓아다니던 혜정이가 결국 포기할 때까지요. 계집애가 까불어봤자죠. 제까짓 게 먼저 포기하지 않으면 뭐 어쩌겠습니까. 그런데 이상한 일이었습니다. 혜정이가 더이상 나를 쫓아오지 않게 되자 개운하기는커녕 거지 발싸개 같은 기분이 되었습니다.

'지난 일'이 또 있습니다. 1학기에 전교생이 포크댄스를 배웠습니다. 겨울철에 갈탄을 덜 때면 아무래도 추울 테니 미리미리 아이들의 체력을 길러놓으려고 했던 교장 선생님의 배려였을까요. 혹은 문교부에서 그해를 '포크댄스 배우는 해'로 지정이라도 했을까요. 하여튼 체육시간에 하는 것도 모자라 방과 후에 남아서 포크댄스를 하기도 했습니다. 그러다 또 갑자기 전혀 시키지 않더군요. 나중에 알고 보니 높은 사람들이 많이 오는 무슨 행사 때문에 하다가 그 행사가 취소되어서 그만둔 거라고 하더군요.

포크댄스를 추려면 파트너끼리 손을 잡아야 합니다.

"어떻게 쟤네들 손을 잡아?"

여자아이들은 울상을 지었습니다. 계집애들이 먼저 그랬으니 남자아이들도 기분이 좋을 리가 없었습니다.

"우리는 뭐 니네들 손을 잡고 싶은 줄 알아?"

속마음이야 어떠했건 서로서로 질색하는 척했습니다. 몇몇 여자아이들은 포크댄스 시간 전에 성냥개비 두 개를 준비하곤 했습니다. 하다못해 작은 나뭇가지라도 꺾어서 들고 있었죠. 파트너의 손을 잡지 않고 서로 성냥개비나 나뭇가지만 잡자는 뜻이었습니다. 깔끔한 티를

내기로 둘째가라면 서러워할 혜정이도 그런 걸 미리 준비해두는 아이였습니다.

어느 포크댄스 시간에 혜정이와 파트너가 되었을 때였습니다. 물론 혜정이의 양손 끝에는 작은 나뭇가지 두 개가 있었지요. 왜 그날따라 그게 유난히도 얄밉게 느껴졌는지 모르겠습니다. 혜정이가 자기 앞으로 다가오는 나를 싸늘하게 외면해서 그랬던 거였을까요. 몇 스텝 밟은 다음 파트너가 바뀌는 순간에 나뭇가지를 잡은 손에 힘을 주었습니다. 나뭇가지를 빼앗은 거였지요. 혜정이의 반응은 몹시도 빨랐습니다. 이번엔 눈빛이나 말이 아니라 발길질이었습니다. 어찌나 빠르던지 꼼짝없이 정강이를 제대로 차였습니다. 혜정이는 똑딱 단추가 달린 빨간 구두를 신고 있었는데 그건 흉기나 마찬가지였습니다. 얼마나 아팠는지 모릅니다. 순간 눈물이 찔끔 나오려고 했지만 꾹 참았습니다. 파트너가 바뀐 다음에도 우리는 서로를 째려보았습니다. 그 순간 서로의 마음속에 있었던 말은 똑같았을 겁니다. '너, 죽을래?'

'지난 일'이라는 게 그뿐만은 아닙니다. 어느 날엔가는 필주네 집에 모여 놀다가 여자아이들 집에 장난전화를 하게 되었습니다. 그건 상욱이의 제안이었습니다. 전화하고 그냥 끊는 일은 싱거우니 직접 통화를 해야 한다, 당사자가 받지 않으면 바꾸어달라고 해라, 직접 통화를 하게 되면 누군지 절대 밝히지 않고 끝까지 약을 올린다, 뭐 그런 이상한 룰도 만든 녀석도, 제일 먼저 전화를 한 녀석도 상욱이였죠.

상욱이는 지은이네 집에 전화를 걸었습니다. 목소리도 이상하게 바꾸어 내더군요. "너, 나 누군지 알아?" "해당화 타령 좀 그만 해라" "웃기고 있네. 내가 한성이로 보이냐?"라고 한참 동안 약을 올리더니

"야, 나 바빠" 하면서 확 끊어버렸습니다. 녀석이 어찌나 능청스럽게 말하는지 모두들 웃겨 죽는 줄 알았습니다. 그다음에는 돌아가면서 진희네로, 은정이네로 장난전화를 했는데 처음에 상욱이가 시범을 잘 보여준 탓인지 다들 잘도 들키지 않고 상대를 약 올리고 끊더군요.

내 차례가 되었습니다. 하필 그때 필주가 말했습니다. "야, 이번엔 혜정이한테 하자." 애들 앞에서 못하겠다고 할 수도 없어서 전화를 걸었습니다. 다른 아이들처럼 나도 목소리를 바꿔 냈지만 혜정이는 곧바로 내 목소리를 알아챘습니다.

"너, 승구지? 애, 유치하게 장난전화 하지 마!"

톡 쏘아붙이더니 곧바로 끊어버리더군요. 나중에 알고 봤더니 먼저 장난전화를 받은 여자아이들한테서 전화가 갔던 모양입니다. 나만 실패했다며 친구들은 낄낄거렸습니다. 친구들이 웃어댄 것보다도 혜정이에게 들킨 게 더 창피했습니다. 학교에서 혜정이와 마주칠 때마다 나도 모르게 얼굴이 달아올랐습니다.

이런 식으로 알게 모르게 혜정이와는 원수 같은 사이가 되었습니다. 그나마 혜정이가 반장이나 부반장이 아닌 게 다행스러운 일이었습니다. 만약 개가 그런 걸 했다면, 칠판 귀퉁이에 있는 떠든 아이 아무개 란에는 매일같이 내 이름이 적혀 있었겠지요.

지난 일을 잊자는 말에 겉으로 반색할 수는 없었지만 내심 고맙기까지 했습니다. 나야말로 혜정이와 화해하고 싶었으니까요. 여자아이와 원수지간이 되었다 해서 남자아이들이 나를 영웅 대접 해주진 않거든요. 그렇지만 꼭 그런 이유로 혜정이의 마음씀씀이가 고맙게 여겨졌던 건 아니었습니다. 일 년 내내 혜정이와 소소하게 다투었던 일들이야 뭐 다른 여자아이들과도 크게 다른 상황은 아니었으니 대수롭지 않게 넘어갈 수 있습니다만, 수업시간에 혜정이의 마음에 상처를 입혔던 건 미안하게 생각하던 터였거든요. 얼굴이 붉어진 채로 숨을 가쁘게 몰아쉬면서도 나를 똑바로 쳐다보던 그 눈빛은 잊을 만하면 다시 떠오르곤 했습니다.

필주와 나는 머뭇거렸습니다. 필주가 가겠다고 하면 나도 못 이기는 척 따라갈 수 있을 텐데. 나는 필주를 쳐다보았습니다. 필주는 나를 쳐다보더군요. 어떻게 할래? 갈까? 말까? 이윽고 필주가 입을 열었습니다. 나까지 괜히 무안해질 정도로 통명스러운 목소리였습니다.

"얘가 아주 웃기는 애네. 야, 우리가 너네 집에 왜 가나?"

나는 필주를 이해합니다. 바로 조금 전에 상욱이에게 "좆도 의리 없는 새끼"라고 말해놓고 어떻게 혜정이의 말 한마디에 금방 따라나설 수 있겠습니까.

혜정이는 나를 빤히 쳐다보았습니다. 나는 필주보다 더 통명스럽게 말했습니다.

"저기 덜 떨어진 새끼들 많네. 쟤들이랑 잘 놀아보셔."

기왕에 엎질러진 물이었습니다. 필주가 이미 안 가겠다고 내뱉었으니 나 혼자만 혜정이를 따라갈 수는 없는 노릇이었습니다. 필주가 어디 보통 아이던가요. 어른들보다도 더 어른스럽게 보이는 멋있는 아이잖습니까. 걔가 안 가겠다는데 그 자리에서 나만 가겠다고 필주를 혼자 보낼 수는 없었습니다.

우리는 덜 떨어진 새끼들을 뒤로하고 필주네 집으로 갔습니다. 둘이 가든, 여럿이 몰려가든 필주네 집에서 노는 것은 항상 재미있었습니다만, 그날은 그렇지 않았습니다. 『소년중앙』도 '새소년 클로버문고'도 눈에 들어오지 않았습니다. 벌거벗은 일본 여자들의 그림조차 흥미를 끌지 못했습니다. 어쩐지 모든 게 심드렁해졌는데, 필주도 마찬가지였는지 별로 얘기도 하지 않고 내내 입을 다물고 있더군요.

일찌감치 필주네 집에서 나왔습니다. 여전히 날이 흐렸습니다. 바람은 싸늘했고, 구름 사이로 간간히 내비치는 햇빛은…… 햇빛은? 아, 그 말은 이럴 때 쓰는 말일 겁니다. 햇빛은 파리하기만 했습니다.

발걸음 따라 걷다보니 학교였습니다. 집으로 가는 길과 반대방향인데, 가봤자 아무도 없을 텐데 왜 그리로 향했는지 모르겠습니다. 희미한 그림자들이 길게 늘어진 텅 빈 운동장을 가로질러 갔습니다. 태극기가 바람에 하늘 높이 펄럭였습니다만 조금도 아름답지 않았습니다. 펄럭대는 소리가 시끄럽기만 했지요. 애꿎은 돌멩이들을 발로 차면서 걸어가다보니 아까 아이들이 모여 있었던 현관 앞에 이르렀습니다. 화단 앞에 걸터앉아 나도 모르게 한숨을 쉬었던가요, 어쨌던가요.

혜정이네 집에 간 아이들은 재미있게 놀고 있을 겁니다. 커다란 케이크에 촛불을 밝히고 생일축하 노래를 부르겠죠. 상철이는 또 "짜라 짜짜짜짜짜"를 불렀을까요. 지은이는 어쩌면 해당화 타령 말고 다른 노래를 할지도 모르겠습니다. 만약에 내가 거기에 갔다면 그런 흔해빠진 유행가나 애들이나 부르는 노래 따위는 부르지 않을 겁니다. 훨씬 더 폼이 나는 노래, 어른스러워 보이는 노래를 얼마 전에 알게 되었거든요. "내가 말 없는 방랑자라면 이 세상의 돌이 되겠소. 내가 님 찾는 떠돌이라면 이 세상 끝까지 가겠소."

땅거미가 깔릴 무렵에야 학교에서 나왔습니다. 평소에 다니는 하굣길이 아닌 다른 길로 접어들었습니다. 터벅터벅 걷고 있는데 애국가가 울려퍼졌습니다. 국기하강식을 하는 시간이었습니다. 길을 걷던 사람들이 모두 일제히 제자리에 멈춰 섰습니다. 여느 때라면 나도 걸음을 멈추고 국기에 대한 맹세를 따라했을 겁니다. 하지만 그날만큼은 "자랑스러운 태극기 앞에 조국과 민족의 무궁한 영광을 위해 몸과 마음을 바쳐 충성을 다할" 생각이 도무지 들지 않았습니다. 그러기에는 마음이 몹시도 어지러웠거든요.

문득 텔레비에서 본 〈이상한 나라의 삐삐〉가 생각났습니다. 거기서는 띠링 하는 소리와 함께 삐삐의 눈이 반짝 빛나면 일순간에 세상이 멎어버립니다. 나는 정지된 세상에서 돌처럼 굳어 있는 사람들 사이로 말 없는 방랑자처럼, 님 찾는 떠돌이처럼 하염없이 걸어갔습니다.

*

흰 눈이 펑펑 내리는 겨울이 되었습니다. 싸우디아라비아에 돈 벌러 갔던 아버지가 드디어 돌아왔습니다. 하마터면 "아저씨, 누구세요?"라고 말할 뻔했습니다. 깜둥이처럼 새까만 그 아저씨가 우리 아버지일 거라고는 생각도 하지 못했거든요. 아버지는 숭경이에게 커다란 인형을 안겨줬고 내게는 쎄이코 시계를 줬습니다.

"이제 중학교에 올라가니 시계 차고 다녀야지."

은빛 쎄이코 시계는 아주 근사해 보였습니다. 하루종일 손목에 시계를 찼다가 풀고, 또 차보고 했습니다. 아버지는 내게 만년필도 하나

내밀었습니다.

"이건 생일선물이다."

시계에 만년필까지 받고 나니 처음 봤을 때보다는 아버지가 덜 까맣게 보였습니다.

엄마는 거짓말쟁이가 아니었습니다. 이사를 하게 되었거든요. 아버지는 봄이나 되면 이사를 가자고 했지만, 엄마는 조금이라도 빨리 하자고 말했습니다. 승경이도 아버지를 볼 때마다 무릎에 올라 빨리 이사 가자고 졸라댔습니다. 조그만 계집애가 어찌나 여우 같은지, 엄마에겐 한겨울에 무슨 이사냐 하던 아버지도 아빠, 아빠 하며 콧소리를 내는 승경이의 아양에 그만 녹아버렸습니다.

이삿날이 되어 트럭에 이삿짐을 실었습니다. 엄마와 승경이는 운전석 옆에 앉았고, 나는 안에 타라는 걸 한사코 마다하고 아버지와 같이 짐칸에 탔습니다. 트럭의 짐칸에 타보는 건 오랜 소원 중 하나였습니다. 남자라면 응당 짐칸에 타야죠. 쌩쌩 불어와 얼굴을 때려대는 차디찬 겨울바람마저도 상쾌하게만 느껴졌습니다.

한참을 달려간 곳에는 작은 마당이 있는 단층집이 있었습니다. 마당이 있으니 봄이 오면 채송화도 봉숭아도 심을 수 있을 겁니다. 그거야 승경이하고 아버지하고 할 일이지만요. 무엇보다도 내 방을 갖게 되었습니다. 새집은 방이 세 개나 되었거든요. 이제는 친구들을 집에 부를 수 있게 된 겁니다. 그렇지만 예전 동네와는 꽤 떨어진 곳인지라 부를 친구가 없었습니다.

아버지도 새집이 몹시 마음에 들었나봅니다. 한밤중에 자다 깨서 오줌 누려고 변소에 가는데 아버지의 말소리가 들려왔습니다.

"이게 정말 내 집이야?"

오줌 마려운 것도 잊고 발뒤꿈치를 들고 살금살금 안방 앞으로 다가가서 몰래 엿들었습니다. 누구네 집은 마누라가 춤바람이 났다느니, 또 누구네 집 마누라는 제비를 만났다느니, 그래서 몇 년 동안 뼛골 빠지게 일하고 돌아와보니 땡전 한 푼 없는 처지가 되었다느니, 또 누구네 집은 사기를 당해서 폭삭 망했다느니 하는 얘기를 한참 하다가 다시 처음 얘기로 돌아가더군요.

"근데 이게 정말 우리 집이야?"

엄마의 웃음소리가 들려왔습니다. 나도 소리나지 않게 웃었습니다.

*

겨울이 끝나갈 즈음 이발소에 갔습니다. 머리 위로 바리캉이 지나갈 때마다 머리카락이 한 움큼씩 우수수 떨어졌습니다. 짧은 스포츠형으로 바뀐 모습이 제법 중학생처럼 보이는 게 마음에 들었습니다. 엄마가 열심히 다림질을 한 교복바지는 손을 대면 베일 것처럼 또렷하게 날이 서 있었습니다. 금빛의 中 자가 한가운데 박혀 있는 검은 교모를 쓰고, 검은 신발을 신고, 검은 교복의 단추를 제일 위까지 꼭꼭 잠그고, 호크도 단정하게 채우고 학교에 다녔습니다. 국민학교 때 매일같이 몰려다녔던 친구들 중 나만 다른 학교로 왔습니다. 나는 빠르게 예전 친구들을 잊었습니다. 필주도, 상욱이도 금방 다 잊었습니다. 걔들도 그랬을 겁니다. 내가 걔들에게 연락하지 않았던 것처럼 걔들도 내게 연락하지 않았습니다. 더불어 혜정이와 다투었던 일들도, 혜정이의 생일날 유난히 쓸쓸했던 학교 운동장도, 〈이상한 나라의 삐삐〉의 한 장면 같던 국기하강식 때의 풍경도 거짓말처럼 금세 다 잊었습니다.

학교에서 영어를 배웠습니다. 오선지처럼 줄이 그어져 있는 노트에 새로 배운 글자들을 적었습니다. a, b, c, d, e, f, g……
아버지가 말했습니다.
"영어 공부 열심히 해라. 다른 건 다 못해도 영어만 잘하면 된다."
영어선생님은 R 발음을 어떻게 해야 하는지 열심히 설명했습니다.
"영어를 잘하고 못하고는 바로 아알 발음을 어떻게 하느냐로 결정된다. 이것만 마스터하면 나중에 영어 좀 한다는 소리 들을 거다. 혀를 입천장에 거의 닿을 듯하게 한 상태에서 안으로 말아줘. 이렇게. 아~알."
그게 L 발음과 뭐가 다른지 아리송하기만 했습니다. 내 귀에는 그게 그 소리로 들렸지만 그래도 선생님 말대로 혀를 말아보았습니다. 유 아 제인. 유아-ㄹ 어 스튜어던트 투.

이따금 지난해보다 더욱 흉흉한 소문이 나돌았습니다. 괴뢰군이 정말로 내려올 뻔했다더라. 한동안 간첩들이 활개를 쳤다더라. 남쪽 어디선가 사람들이 디따 많이 죽었다더라.
중학생이 된 뒤부터는 석간신문의 사회면을 가끔 들여다보기도 합니다만, 나는 여전히 아무것도 몰랐습니다. 교복을 입은 다른 친구들도 마찬가지였습니다.

*

逝去라는 어마어마한 일이 일어난 지 일 년이 다 되어가던 즈음이 었습니다. 노는 날이 하루 늘어났습니다. 국민투표 때문에 하루 더 놀 게 된 것이었습니다. 투푯날이 가까워오던 어느 날 밤, 안방에서 텔레 비전을 보고 있었습니다. 흑백으로 나오는 건 텔레비지만 칼라로 나 오는 건 텔레비전입니다. 아버지가 새로 사 온 텔레비전은 아주 그럴 싸했습니다. 칼라로 보다보면 선전마저도 아주 재밌습니다. 어쩐지 우리 집이 부자가 된 것 같아서 절로 어깨가 으쓱거려졌습니다만 칼 라텔레비전도 생기고 내 방도 생기는 바람에 엄마의 잔소리가 하나 늘어났습니다.

"이제 텔레비 그만 보고 니 방에 가서 공부해."

"이것만 보고 갈게."

아버지도 내 편을 들어주지 않았습니다.

"그만 가라."

할 수 없이 일어나려고 하는데 웬 술에 취한 아저씨가 길거리를 지 나가며 고래고래 고함을 치는 소리가 들려왔습니다.

"이거, 찬성해봤자 유신보다 나을 것도 없는 좆같은 헌법이고, 반 대하면 유신으로 돌아가는 거고…… 씨발, 세상에 이런 개 같은 투표 가 어딨어!"

그 아저씨는 똑같은 말을 계속 반복해댔습니다. 울부짖듯 커다랗게 말했다가, 한숨 쉬듯 느릿느릿 말하기도 했습니다. 목소리가 점점 작 게 들려오다가 마침내 아예 들리지 않게 되자 엄마는 쯧쯧 혀를 차며 작은 목소리로 말했습니다.

"술을 퍼마셨으면 얼른얼른 집에 들어가서 잠이나 잘 일이지. 저렇게 떠들어대다가 잡혀가기라도 하면 어떻게 하려고."

아버지도 낮은 목소리로 중얼거렸습니다.

"그래도, 저 사람이 술에 취하긴 했어도 말은 바로 하네."

길가에서 들려온 소리가 무슨 의미인지, 어머니의 얘기는 또 무슨 말이고, 아버지의 혼잣말은 또 무슨 얘긴지 나는 몰랐습니다. 유신이 무엇인지, 유신보다 나을 것도 없는 새 헌법은 또 무엇인지 전혀 알지 못했지요. 그래도 그 아저씨의 말이 어쩐지 멋있는 말처럼 여겨졌습니다. 어머니와 아버지가 덧붙인 말들이 취한 아저씨의 술주정을 훌륭한 얘기로 만든 거였습니다. 그래서 나도 하루 더 놀아서 좋다며 까불어대는 학교 친구들 앞에서 이렇게 말하기로 마음먹었습니다. 아무것도 모르면서 좋아하기는. 왜 노는 줄이나 알아? 국민투표 때문에 노는 거야. 국민투표 왜 하는 줄 알아? 헌법 바꾸겠다는 거야. 찬성하지 않으면 유신이고, 찬성하면 유신보다 나을 것도 없는 개 같은 헌법으로 바뀌는 거야.

이렇게 말하면 아이들과는 전혀 다른 차원에서 노는 사람으로, 어른들보다 더 어른스럽게 보였을 겁니다. 그런 생각을 하다가 문득 깨달았습니다.

—잘 죽었지. 박정희가 얼마나 나쁜 놈인데.

처음 이렇게 말했던 사람은 필주가 아니라 필주 아버지가 아니었을까요. 혹은 지나가던 동네 아저씨였을지도 모릅니다. 어쩌면 필주도 그 이상은 알지 못했을 겁니다. 벌떼같이 들고 일어나는 아이들에게 아무 말도 하지 않았으니까요. 아무 말도 하지 못했으니까요.

필주가 그런 말을 하지 않았다면, 그러니까 필주가 조금 덜 멋있게 보였다면, 조금은 덜 어른스럽게 보였다면 그날 필주가 뭐라고 말했든 혜정이를 따라갈 수 있었을까요?

생각해보면 필주도 혜정이네 집에 가고 싶은 마음이 굴뚝같았을 겁니다. 우리만 빼놓고 다른 애들은 다 그리로 갔으니까요. 근데 말은 속마음과 반대로 했던 걸 보면 필주가 아무리 어른스러워 보였다 해도 고작해야 열세 살짜리 국민학생에 불과했던 겁니다.

그런데 말입니다. 왜 여자아이들 앞에 서기만 하면 입에서 나오는 말은 마음속의 말과는 영 다른 걸가요. 국민학생일 때에는 원래 다 그런 걸가요. 중학생이 되었으니 조금 달라졌을까요.

책상 서랍을 열었습니다. 제일 깊숙한 곳에 아버지가 준 만년필이 있습니다. 처음에 몇 번 써본 뒤로는 손에 묻은 잉크를 지우는 게 성가셔서 서랍 속에 밀어넣어버렸죠. 그리고 그 옆에는 한 번도 쓰지 않은 분홍빛 꽃무늬 샤프펜슬이 있습니다.

이건 아무에게도 하지 않았던 얘긴데요. 혜정이 생일선물로 사놓았던 샤프펜슬입니다. 그때 이걸 사려고 돼지저금통까지 깼지요. 친구들 몰래 주려고 계속 기회를 엿보았지만 결국 주지 못했습니다. 가만, 그리고 보니 혜정이 생일이 이맘때였는데요. 어제던가? 오늘이던가?

물끄러미 샤프펜슬을 바라보다가 영어로 중얼거렸습니다. 혀를 입천장에 가깝게 한 다음에 안으로 말아주면서 어~얼 소리를 냈습니다. 해피 버-르스데이 투 유.

링 마이 벨

    밤 열두시. 대문을 소리나게 닫고 나오니 갈 데가 없다. 날도 추운
데 말이다. 인생은 이런 식으로 꼬이기 시작하는 거다. 어쩌자고 저
여자와 결혼했는지 모르겠다.

    사건의 발단은 사소하다면 사소한 일이었다. 아내는 몇 달 전부터
이사를 가자고 했다. 아이 둘을 키우기에는 스무 평의 연립주택이 작
다는 것이 표면적인 이유였지만 본심은 그게 아닐 것이다. 무엇보다
도 바로 위층에 살고 있는 어머니 때문이다. 시어머니와 같은 연립의
아래층 위층에 살고 있다고는 하지만 밥을 해 나르는 것도 아니고 아
침저녁으로 문안드리는 것도 아니다. 그저 하루에 한두 번 손자들 보
러 내려오는 것이 고작인데 아내로서는 그것도 성가신 것이다. 그러

나 이사에 대해 이야기하면서 어머니에 관한 부분은 아내는 물론이고 나도 입 밖에 내지 않았다. 어머니 때문이냐고 대놓고 묻는 것은 영 내키지 않는 일이었다. 막상 물어봤을 때 아내가 정말 그렇다고 대답한다면 그 뒤를 감당할 자신도 없었다.

아내가 처음 이사 가자고 했을 때 이사 비용을 어떻게 충당할 수 있겠냐고 물었더니 아내는 대출을 받으면 된다고 대답했다. 나는 아내에게 우리가 집을 팔았을 때의 금액과 아내가 원하는 평수의 아파트의 가격 차이가 무려 이억이 넘는다는 것을 알려주었다. 그리고 이억이 넘는 돈을 대출받았을 때 우리가 매달 갚아나가야 할 이자 및 원금을 말해주었고 내 한 달 월급 액수를 확인시켜주었다. 아내는 고개를 끄덕였고 나는 이야기가 매듭지어진 줄로만 알았다. 하지만 그게 아니었다.

한 달도 되지 않아서 아내는 다시 이사 이야기를 꺼냈다. 나는 또 우리가 대출받아야 할 금액과 갚아나가야 할 금액과 수입 액수를 말해야만 했다. 아내는 또 고개를 끄덕였다. 다만 이번에는 한마디 덧붙였다. 그래도 남들은 다 그렇게 하면서 살아.

아내가 다시 이사 이야기를 한 것은 보름 뒤였다. 아니, 이 여자, 돌대가리 아닌가 싶었지만 꾹 참고 그게 안 되는 이유에 대해 말했으며 꼭 지금 이사를 가야 하는 이유에 대해 납득할 수 있게끔 말해달라고 했다. 아내가 말한 이유는 이유도 되지 못하는 것이었다. 내 친구들 보면 그렇게 해서들 아파트 사고 그래. 왜 당신은 한사코 좁은 집에서 살려고 해? 아내의 표정은 나를 납득시키려고 말하는 사람의 것 같지는 않았다. 나는 점잖게 대꾸했다. 다른 사람들하고 비교하지 말고 우

리가 그렇게 해야 되는 근거를 대달라니까. 아내는 입을 다물었고 이
야기는 끝났다.

그러고 나서는 일주일도 안 되어 또 이사 이야기를 해야만 했다. 같
은 과정이 반복되었다. 아내의 이야기는 조금 더 길어졌다. 당신은 내
가 여기서 어떻게 사는지 전혀 모르잖아. 어머니가 아무 때나 드나드
는 게 얼마나 신경쓰이는 일인지 전혀 모르지? 목욕 한번 마음 놓고
할 수 있는 줄 알아? 그게 벌써 몇 년인데. 곰곰 생각해보니 그럴 것
도 같았지만 그 이야기는 대출금 상환에 대한 대책과는 거리가 멀었
다. 내가 고개를 갸웃거리는 사이에 아내는 안방 문을 소리나게 닫고
들어갔다.

이사 문제로 인한 언쟁은 급기야 이삼 일 간격으로 줄어들었고 아
내의 마지막 이야기는 점점 더 길어졌다. 사내아이 둘 키우다보면 좁
은 집 안이 얼마나 난장판이 되는지 알기나 해? 아파트 가격 그렇게
올라서 남들은 앉아서 몇 억 벌 때 여긴 십원 한 장 오르지 않잖아. 대
출이라도 받아서 아파트 사놓는 게 투자잖아. 여기보다는 신도시 같
은 데가 아이들 키우기에도 낫잖아. 내 친구들 보면 안 그런데 왜 나
만 이렇게 살아야 돼? 안방 문 쾅. 쾅. 쾅.

조금 전에 아내와 나누었던 대화의 내용은 이전과 크게 다르지 않
았다. 다만 아내의 목소리가 조금씩 커졌고 내 목소리도 조금씩 커졌
을 뿐이다. 상대방의 목소리가 조금이라도 더 커질세라 점점 더 크게
말하는 바람에 나중에는 이야기는 사라지고 시끄러운 목소리들만 남
게 되었다. 그 과정에서 대화의 내용도 이전과는 조금씩 달라졌다. 여

보, 당신에서 어느새 너, 라는 호칭이 등장했고 정말, 과 도대체, 라는
단어의 사용이 빈번해지면서 말도 안 돼, 같은 말들이 심심치 않게 허
공을 오갔으며 웃기지 마라, 같은 말들마저 나오기 시작했을 때 급기
야 잠에서 깬 두 아이가 빽빽 울어댔다. 아무리 목소리가 커도 말싸움
으로는 도저히 여자에게 이길 수 없다는 진리를 깨달은 나는 큰소리
로 아예 갈라서버려, 에이, 라고 말하고는 문을 세게 닫고는 나와버린
것이었다. 나오자마자 마저 말하지 못한 한마디를 중얼거렸다. 씨발.
애들이 있으니 욕도 맘대로 할 수 없다.

*

이 시간에 왜 불러냈냐고? 다른 놈들은 다 못 나온다는데 그래도
네가 나와주는구나. 인마, 우선 술부터 한잔 받아. 토요일 밤인데 애
인도 없냐? 좋겠다. 혼자라서. 넌 결혼 같은 건 하지 마라.
마누라 때문에 미치겠다. 전에도 얘기했잖아. 이사 때문이지, 뭐.
몇 달 내내 같은 얘기만 해대는 거야. 뭐라고? 그 여자가 그러는 게
'당신 얘기가 합리적이고 다 옳은데 그래도 나는 이사를 가고 싶으니
비록 당신이 다 맞다 해도 그냥 나를 위해 이사해주세요'라고 하는 거
라고? 야, 그것도 어느 정도지. 도무지 돈 무서운 줄도 몰라. 사람이
앞일도 생각해야 할 거 아냐. 근데 마누라 말대로 대출받고 그거 갚으
면서 허덕이다보면 남는 게 없는데도 그 여자는 우기기만 하는 거야.
얘기하려면 좀 확실한 근거를 대면서 얘기해야 할 거 아냐. 뭐? 부부
관계가 회사 회의도 아니고 어디 토론회에 나간 것도 아닌데 합리적

이고 근거 있는 대화만 해야 하냐고? 인마, 너도 결혼해봐라. 그런 얘기 나오나.

차근차근 준비해야 인생의 다음 단계에 도달하는 거잖아. 갑자기 빚을 지고 빚 갚으면서 뺑이치다보면 내내 제자리걸음이지. 월급쟁이 마누라일 때 고생했으니 사장 사모님 된 차에 편히 살고 싶은가봐. 말이 사장이지 프로그램 만든 거 팔아먹느라 여기저기 뛰어다니는 영업사원에 불과한데 말이지. 직원 세 명 월급 주기도 빠듯한데 사장은 무슨 사장이야. 말이 벤처지 사실 노가다나 다름없는데 그 여자는 내가 밤늦게까지 뼈빠지게 일하고 들어오는 것도 다 놀다가 들어오는 것처럼 보이나봐. 요즘이 어떤 세상인데. 지금은 양복 입고 다녀도 언제 길거리 나가서 포장마차 끌게 될지 모르는 거 아냐. 누군 여유 있게 살기 싫어서 일에 치여 사나. 그리고 나는 사실 이사 가는 것도 싫어. 어머니한테는 또 뭐라고 말하나. 그 여자 얼굴도 보기 싫은데 이참에 확 갈라서버릴까. 며칠 너희 집에서 신세 좀 져도 되냐.

아, 그래. 처음에는 물론 사랑해서 결혼했지. 근데, 그거 다 속은 거야. 이거 완전히 사기결혼이나 다를 바 없는 거지.

왜 그런 날 있잖아. 왠지 세상이 나를 위해 존재하는 것 같고 뭐든지 다 잘될 것 같은 날 말이야. 하루 종일 되는 일이라고는 도무지 없는 날들도 많지만 가끔, 아주 가끔은 다 잘 풀리는 날들도 있잖아. 만원버스 놓치니 텅 빈 버스가 오고, 수업 빠졌더니 휴강이고, 등록금 걱정하는데 장학금 나오고…… 그래. 장학금은 그냥 예를 든 거다. 어쨌든 그런 날이면 아침부터 기분이 좋지. 그런 느낌 알아? 붕 떠 있는 느낌. 잠에서 깨어보니 방 안 가득히 햇살이 넘치고 내가 그 한가운데 두둥실 떠 있는 것 같은 느낌 말이야.

그날은 참 이상했지. 특별히 모든 일이 술술 풀렸던 것도 아니었고 하루종일 기분이 좋았던 것도 아니었어. 여느 날과 다를 바 없는 평범한 날이었어. 데이트 약속이 있었지만 딱히 설레고 했던 것도 아니었거든. 그저 저녁때 만나서 밥 먹고 차 마시고 여관에 갔지. 거, 섹스라는 것도 처음에 할 때나 정신없이 좋지 자꾸 하다보면 그저 그렇게 되잖아. 뭐, 안 하는 것보다야 좋기는 하지만 말이야. 그리고 나는 마누라가 첫 여자도 아니었잖아. 이미 해볼 만한 것들은 다 한지라 왕성한 호기심이 있었던 것도 아니었지. 그래도 나쁘지는 않았어. 조금 밋밋하기는 했지만 담백한 섹스도 나름대로 편하더군. 그날도 여느 때와 다르지 않았어. 말하자면 밋밋한 섹스였지. 그런데 말이야. 어느 순간 갑자기 가슴속에서 뭔가 솟구치는 거야. 그게 뭔지는 몰라. 짜릿함도 아니고 개운함도 아니야. 기쁨도 아니고 슬픔도 아니야. 기쁨은 아니지만 뭔가 울림이 있고 슬픔은 아니지만 눈물 날 때하고 비슷한 느낌이 드는 거야. 굳이 말하자면 감동 비슷한 거였던 것 같아. 그러고는 귓가에 종소리 비슷한 게 들렸지. 어디선가 향긋한 꽃내음 같은 게 났고 나비들의 날갯짓 같은 움직임이 눈앞에 펼쳐지더라. 무슨 소리냐고 묻지 마. 나도 모르니까. 오르가즘? 마음이 평온하고 정신이 고요한데 오르가즘은 무슨. 하여튼 그때 결심했던 거야. 이 여자하고 결혼해야겠다.

그런데 그게 말이지. 그날로 끝이었어. 단 한 번으로 끝난 거야. 그후로 더이상 그런 느낌이 생긴 적이 없어. 속았다면 스스로에게 속은 거겠지만 완전히 속은 느낌이야. 혹시나 해서 마누라 몰래 잠시 다른 여자들도 만나봤지. 근데 그런 경우는 없더라고. 하긴 그러니까 지금까지 그럭저럭 살았는지도 몰라. 만약 다른 여자하고 잤는데 또 종소리 들리고 꽃내음 나고 나비들 날아다니면 아마 앞뒤 안 보고 또 결혼하겠다고 난리 떨겠지.

이제부터라도 다시 찾아볼까. 혹시 알아? 그런 일이 또 있을지. 그것도 한 번으로 끝나는 게 아니라 평생 그렇게 되는 여자가 어딘가에 있을지. 있을 거야. 어딘가 있을 거야.

*

눈을 뜨니 친구 집이었다. 일요일인데 애들 얼굴은 봐야 될 것 같아서 집으로 왔다. 현관문을 들어서니 아이들은 아빠 왔다며 두 녀석이 각각 팔 하나씩 붙들고 재잘대는데 아내는 좁은 거실의 벽에 등을 기대고 앉아 말없이 티브이만 보고 있었다. 화가 풀리지 않은 기색이 역력했다. 외박한 것이 슬며시 미안해졌다. 다리를 죽 펴고 앉은 아내의 발끝과 티브이와의 거리가 일 미터도 안 되어 보인다. 우리 집 거실이 저렇게 좁았던가. 하긴 사내아이 두 녀석 키우려면 조금 넓은 집이 필요하기도 하겠지. 친구 녀석이 뭐라고 했더라. 내 말이 다 옳다고 해도 자기를 위해 그 정도는 해주기를 바라는 거라고? 그래, 가정의 평화를 위해 조금 무리하는 것도 영 터무니없는 일은 아니겠지.

늦은 밤에 다시 이사 이야기를 했다. 아무래도 이억이 넘는 돈을 대출받는 것은 무리이니 집을 사지 말고 대출을 받더라도 감당할 수 있을 정도로만 받아서 전세로 이사를 가자고 했더니 아내의 얼굴이 풀렸다. 비로소 가정에 평화가 찾아온 것이다. 내가 괜찮은 남편에 괜찮은 가장이 된 것 같아 조금 으쓱해지기도 했다. 와인까지 한 잔씩 마시고 모처럼 맨살을 부대끼고 나니 잔잔한 행복감마저 솟구쳤다. 그래, 그냥 이렇게 그럭저럭 살아가는 거지, 종소리는 무슨 얼어 죽을 종소리. 아이들 재잘대는 소리가 종소리지, 뭐.

그러나 문제의 해결이란 또다른 문제의 시작에 다름 아니었다. 아내가 이불 속에서 나긋나긋한 목소리로 속삭인 것은 이사한 뒤에 사야 될 물품들 목록이었다. 침대에, 장롱에, 책상에, 소파에, 커다란 티브이까지. 지금 우리가 장롱이 없냐, 책상이 없냐, 티브이가 없냐, 꼭 필요한 것들만 사자. 아냐, 그런 것들은 사야 할 때 사야 되는 거야.

이 여자의 욕심은 도대체 끝이 없다. 내가 양보를 하면 자기도 조금은 양보를 해야 할 것이 아닌가. 욕심대로 하자면 나도 이십 년 가까이 살았던 동네를 결코 떠나고 싶지 않단 말이다. 심사가 꼬이기 시작했다. 그게 말이 되냐. 내 목소리가 높아지기 시작했다. 안 될 건 또 뭐야. 아내의 목소리도 높아지기 시작했다. 왜, 기왕에 자동차도 바꾸지 않고? 나쁠 거 없지. 너, 정말. 도대체 말이야.

밤 열두시. 대문을 소리나게 닫고 나오니 갈 데가 없다. 좁은 계단에서 담배 한 개비 피워 무는데 아내의 목소리가 마치 종소리처럼 귓전을 울린다. 아파트 뎅그렁, 자동차 뎅그렁, 티브이 뎅그렁.

그 사이

　　　　　　　　　　　*

　되는 일이라고는 도무지 없는 나날이다.

　지갑을 잃어버렸다.

　그 정도는 괜찮다. 이따금 겪는 일이니 당분간은 잃어버리지 않을 거라고 위안 삼을 수도 있다. 그러나 카드 분실 신고를 하려다보니 휴대폰마저 잃어버렸다는 것을 알게 되었다.

　컴퓨터의 하드디스크 안에 있는 데이터들을 몽땅 다 날렸다.

　윈도우를 다시 설치하다가 실수로 포맷하지 말아야 할 드라이브까지 포맷한 탓이다. 여러 해 동안 다운받았던 음악 파일들이 한순간에 사라졌다. 얼마 전에 산 최신형의 MP3플레이어가 무용지물이 되어버리는 순간이었다. 텅 빈 하드디스크를 보고 있자니 몇 년간의 인생이 사라진 것 같다.

체중이 90킬로를 넘었다. 체중계를 부수고 싶다. 몇 달 사이에 6, 7킬로가 불어난 것인데 거울을 보면 팔, 다리는 가늘고 배만 불룩한 것이 영락없이 이티의 몸매다. 십대 후반에 키가 처음 175센티에 이르렀을 때 60킬로도 되지 않았는데 이후 이십 년 동안 30킬로나 늘어나 이제 배불뚝이가 되어버렸다. 아직까지는 서 있을 때 발가락이 보이긴 하지만 그런 정도로는 전혀 위안이 되지 않는다.

음주운전으로 면허정지를 당했다.

면허정지는 다소 억울한 일이다. 술을 마신 것은 사실이지만 음주운전을 한 건 아니라고 말했던 젊은 가수가 누구였더라? 가수였던가? 하여튼 학교 아이들은 그 말이 뭐가 그리 재미있는지 온갖 데에 갖다 붙여 써먹었다. 옆자리 친구 답안지를 본 건 사실이지만 커닝하지는 않았습니다. 담배를 피운 건 사실이지만 흡연하지는 않았습니다. 나도 하나 떠올랐다. 다른 여자와 잔 건 사실이지만 바람을 피운 것은 아니야.

음주운전에 대해 말하자면 나야말로 술을 마신 건 사실이지만 음주운전을 한 것은 아니었다. 문제가 되는 혈중알콜농도의 기준은 0.05퍼센트 이상이다. 며칠 전의 술자리에서 나는 맥주 한 병을 마셨을 뿐이다. 전에는 그 정도 마시면 괜찮았던 것이 그날따라 음주 측정에서 덜컥 0.05퍼센트가 넘었다고 나왔다. 내가 아는 어떤 인간들은 한 병 아니라 서너 병을 마셔도 절대로 음주운전의 기준치를 넘어서지 않는다. 이건 불공평하다. 하지만 인생이란 그런 것이다.

그리고 아내가 집을 나갔다.

*

　이틀이 가고 사흘이 지나도 아내는 전화 한 통 없었다. 아내의 휴대폰으로 전화해봐도 고객의 전화가 꺼져 있다는 안내 메시지만 들려왔다. 처가는 미국에 있고 유감스럽게도 나는 그 번호를 모른다. 아내의 친구들을 몇몇 알고는 있지만 그들의 연락처 역시 모른다. 모든 연락처들이 다 휴대폰에 저장되어 있기 때문이다. 휴대폰을 잃어버리고 나니 어디 유배지에라도 갇힌 것만 같다.

　처음에는 걱정하는 마음이 앞섰던 것이 점차 화가 치밀어올랐다. 고객의 전화기가 꺼져 있느니 어쩌느니 하고 말하는 여자 목소리를 하루종일 듣게 되면 누구라도 화가 날 것이다. 나중에는 지친 나머지 한 번만 전화를 받아주면 모든 것을 다 용서할 수 있을 것 같은 심정이 되었다.

　나는 사립 중학교의 국사 선생이다. 대학을 졸업한 후에 애인 따라가게 된 교육대학원에서 취득한 교사자격증이 지금까지 밥벌이가 되어줄 줄은 몰랐다. 자라나는 아이들에 대한 따뜻한 애정과 교육에 대한 진지한 열정이 별로 없다면, 그리고 촌지에 대한 열망도 딱히 많지 않다면 중학교라는 곳은 그리 나쁘지 않은 직장이다. 일반 기업체처럼 닦달해대는 상사가 있는 것도 아니고 고등학교처럼 입시에 대한 부담에 짓눌릴 일도 없다. 다만 요즘 아이들은 선생 대하기를 마치 친구 대하듯 한다. 존경까지는 바라지도 않는다. 내가 존경받을 만한 교사가 못 된다는 것은 누구보다 내가 잘 알고 있다. 그래도 조금은 어려워했으면 좋겠는데 아이들은 거리낌 없이 친밀감을 드러내면서 장난을 쳐댄다. 성가신 일이다.

새 학기인가 싶으면 중간고사를 보고 날이 더워진다 싶으면 방학이다. 솔솔 부는 가을바람 맞으며 소풍 한 번 갔다 오고 바람이 점점 싸늘해진다 싶으면 또 방학이다. 두 번의 방학은 말 안 듣는 아이들과 얇은 월급봉투를 잊게 해준다.

어머니에게 전화가 왔다. 명주를 바꿔달라는 어머니의 말에 나는 아내가 친정에 갔다고 말했다. 어머니는 무슨 일이라도 있냐고 물었고 나는 아무 일 없다고 대답했다. 어머니는 혀를 차고는 내게 명주에게 잘하라고 말했다. 나는 그러겠다고 대답했다.

아내가 없는 아파트는 무인도처럼 적막하다. 방학한 지 며칠 되지도 않았는데 아이들의 의미 없는 장난질마저 그리워졌다.

잃어버린 휴대폰을 주웠다는 연락은 오지 않았다.

*

한밤중에 전화기가 요란하게 울렸다. 아내였다. 나도 모르게 대뜸 소리부터 질렀다.

"왜 전화 안 받았어?"

"왜 소리를 질러?"

"왜 전화를 안 받았냐고!"

"이렇게 소리부터 지르는데 무슨 얘기가 된다고 통화를 해?"

아내는 전화를 끊을 태세였다. 나는 얼른 목소리를 낮췄다.

"알았어. 끊지 마라. 대체 어디 있는 거야?"

"마음 정리는 다 했어?"

"마음 정리?"

"우리 이제 그만 정리해야 되잖아. 좋게 헤어지자."

"왜 정리해야 되는데? 나는 절대 동의할 수 없어."

"나는 이미 당신한테 마음이 떠났다니까."

"헤어지는 게 어디 그렇게 간단한 일이야? 얼굴이라도 보고 이야기
하자."

"할 이야기는 이미 다 했잖아. 짐 정리만 하면 될 거 같은데…… 좋
게 헤어지고 싶어."

"도대체 내가 뭘 그렇게 잘못했다고 나한테 이러는 거야?"

"당신은 시간이 더 필요한 것 같으니 나중에 다시 통화해."

전화가 끊어졌다. 다시 전화했지만 듣기 싫은 대답만 들려왔다. 고
객이 전화를 받지 않아 삐 소리 이후 음성사서함으로 연결됩니다. 얼
마 후 안내 메시지가 바뀌었다. 고객의 전화기가 꺼져 있어서 삐 소리
이후 음성사서함으로 연결됩니다.

이 년여 전에 동료 교사의 소개로 명주를 만났다. 그때만 해도 나는
70킬로 대의 체중을 유지하고 있었다. 맞선보다는 조금 가볍고, 가벼
운 소개보다는 조금 무거운 그런 류의 만남이었다. 방송국 구성작가
인 그녀와의 대화는 그럭저럭 즐거웠던 것으로 기억한다. 서로 할 이
야기가 없을 때 연예인들에 대한 가십거리는 풍부한 대화의 소재가

되어주었다. 당시에 난무하던 각종 스캔들의 진위 여부에 대해 묻고 듣는 것만으로도 시간은 훌쩍 지나갔다.

이런저런 이야기 끝에 그녀가 물었다. 저기…… 왜 이혼했어요? 나는 그녀의 얼굴을 빤히 쳐다봤다. 나름대로 익숙하다면 익숙한 질문이었다. 아버지, 어머니부터 시작해서 내가 이혼했다는 사실을 알게 된 친구들과 동료 교사들, 가볍게 만나서 가볍게 헤어지는 인터넷 동호회 사람들에 이르기까지. 한때는 심지어 지나가는 강아지가 나를 향해 짖어도 흡사 왜 이혼했냐고 묻는 것만 같았다.

그 질문을 던지는 상대를 유심히 관찰해보면 그가 나를 어떻게 여기고 있는지 알 수 있다. 그저 경박한 호기심에서 물어보는 것인지 아니면 나에 대한 걱정으로 물어보는 것인지 고스란히 드러나게 마련이다.

나는 어떻게 대답할지 잠시 생각해보고 가장 평범하고 무난하게 대답했다. 그냥 좀 잘 안 맞았던 것 같아요.

이혼은 벌써 칠팔 년 전의 얘기다.

여러 해 전에 호감을 느낀 여자 앞에서 그 문제에 대해 길고 진지하게 말했던 적이 있었다. 가벼운 만남으로 그치고 싶지 않았던 때문이었다. 이렇게 말했던 것 같다. 그땐 말이죠. 아무것도 몰랐어요. 결혼이라는 게 뭔지, 결혼생활이라는 게 뭔지 제대로 생각 한번 해보지 않았던 것 같아요. 근데 무엇보다도 내가 아무것도 모른다는 걸 몰랐어요.

가령 부부싸움을 했다고 칩시다. 부부싸움이라는 건 얼마든지 할 수 있는 거잖아요. 그런데 감정상의 문제를 자꾸 옳고 그름의 문제로 바라보게 되는 거예요. 차이를 인정하면 좋은데 그게 아니라 자신이 옳고 상대방이 그르다는 것을 논리적으로 입증하는 데에 힘을 쏟게 되죠. 상대방을 굴복시키려고 하다보면 싸우면 싸울수록 상대방에게 실망하게 되죠. 또 상대방에게 실망했다고 칩시다. 그러면 그건 그냥 실망한 거잖아요. 사람인데, 흠이 없을 수 없고 실망할 수 있는 노릇 이거든요. 근데 그렇게 단순하게 실망한 걸 가지고 상대방에게 마음 이 떠나서 그런 걸로 여기게 돼요. 또 마음이 떠났다고 칩시다. 남자 와 여자가 같이 살면서 잠시 서로에게 마음이 떠날 수도 있는 일이거 든요. 근데 그걸 심각한 위기라고 여기게 되는 거죠. 웃기는 일이죠. 부부간에 필요한 건 대화지 토론이 아니거든요. 토론을 하려면 생각 을 해야 되는데 이 생각이라는 게 하면 할수록 다른 생각들을 낳게 되 지요. 억지를 합리화하려면 더 큰 억지가 필요하고요.

올 오어 낫싱이라는 게 참 위험해요. 전부를 가지려고 하는 사람들 은 전부가 아니라면 전무라도 상관없다고 생각해요. 근데 전부를 갖 는다는 건 불가능한 일이잖아요. 반만 있어도 차고 넘칠 수도 있는데 반드시 전부여야 한다고 생각했나봐요. 유토피아라는 건 없으니까 유 토피아일 텐데, 도대체 가능하지도 않은 유토피아를 놓고 이렇게 저 렇게 애만 쓰다가 그게 안 된다는 걸 깨닫고는 기껏해야 내린 결론이 유토피아가 아니라면 뭐든 상관없다는 식이 되어버리는 거예요.

그러나 내 말에 열심히 귀를 기울이던 그녀는 고작 이렇게 대답했 을 뿐이다. 후와, 그렇게 대단한 이유로 이혼한 사람은 처음 봐요.

나도 알고 있었다. 그녀가 악의로 그렇게 말한 것은 전혀 아니라는 것을. 하지만 그녀가 그렇게 말하자 정말 내가 그렇게 대단한 이유로 이혼한 사람인 것처럼 여겨졌다. 정말 내가 그렇게 대단한 이유를 만들어내면서까지 이혼한 것처럼 여겨졌다. 그녀와는 두 번 다시 만나지 않았다.

내가 명주에게 그렇게만 대답한 것은 속내를 죄다 드러낼 만큼 큰 호감을 느끼지는 않았던 때문이었다. 또다른 한편으로는 점수를 깎이고 싶지 않을 정도의 호감은 가지고 있었던 탓이기도 했다. 나는 그녀의 어투와 표정이 누구와 비슷한지 생각해봤지만 떠오르는 사람이 없었다. 가벼운 호기심으로 묻는 것도 아니었고 경멸하는 어조도 아니었으며 과도한 호감으로 묻는 것도 아니었다. 나는 그것이 마음에 들었다. 그리고 몇 달 뒤 명주와 결혼했다.

*

발가락마저 보이지 않을 수 있다는 위기감.

인터넷 검색창에 '다이어트'를 입력하고 엔터 키를 쳤다. 1,289개의 사이트와 275,033건의 블로그 포스트와 2,586,798건의 웹문서가 떴다. 반년 사이에 50킬로그램을 뺐다는 청년, 석 달 사이에 20킬로그램을 뺐다는 체험담. 수많은 성공담의 공통점은 한 가지였다. 먹는 양을 줄이고 열심히 운동하는 것이다.

칼로리는 정직하다. 섭취한 칼로리가 소모된 칼로리보다 많으면 살이 찌고 그 반대의 경우에 살이 빠진다. 직업적으로 운동을 하거나 육

체노동을 하지 않는 이상 운동을 많이 해서 섭취한 칼로리를 죄다 소모시킨다는 것은 불가능에 가깝다. 일단은 먹는 양을 줄여야 하는 것이다. 먹는 양을 줄이는 것만으로는 충분하지 않다. 아무것도 하지 않아도 소모되는 열량이 기초대사량이다. 운동은 기초대사량을 증가시켜준다. 쉽게 살이 찌지 않는 체질로 바꾸어주는 것이다.

나는 헬스클럽에 등록했다.

CF 속의 한 장면처럼 파란 하늘과 흰 구름이 보이는 전면 유리창을 앞에 두고 젊고 아름다운 아가씨들이 밝은 표정으로 러닝머신 위에서 땀 흘리며 뛰는 모습이란 애당초 존재하지 않았을 것이 틀림없어 보이는 동네 헬스클럽의 낡은 러닝머신에 올라 걷기 시작했다. 달리기보다 걷기가 체지방 연소에 훨씬 효과적이라는 것은 다행스러운 일이다. 고작 삼십 분을 걸었을 뿐이지만 마치 마라톤이라도 뛴 것처럼 심장은 마구 요동쳤다. 젖은 솜처럼 축 늘어져 집에 돌아와보니 종아리에 알이 배겼고 발바닥에 물집이 잡혔다. 안 하던 운동을 하는 것은 고역이었고 부작용들도 생겼다. 근육이 뭉치고 물집이 생기는 것 외에도 원인불명의 피부트러블이 생겼다. 입 주위의 피부가 상해서 면도를 할 수 없을 정도였다.

먹는 양도 줄였다. 과잉 공급된 탄수화물은 지방으로 바뀌어 복부에 저장된다. 설탕은 탄수화물의 결정체이다. 과당 역시 마찬가지다. 모든 음료를 끊었다. 인스턴트커피를 끊는 것은 쉽지 않았지만 눈 한 번 질끈 감고 다 없애버렸다. 설탕이 들어가지 않는 가공식품이란 거의 없다. 삼분카레를 끊었고 햄을 끊었다. 육류도 끊었다. 잘 가라, 삼겹살. 다이어트 최대의 적은 기름에 튀긴 음식이다. 굿바이, 프라이드 치킨.

반 공기의 밥, 묽은 된장국, 김치, 기름 바르지 않고 구운 김, 한두 가지 나물. 기름기라고는 찾아볼 수 없는 밥상을 보면 마치 절간의 스님이라도 된 것 같다.

하루종일 배가 고팠다. 특히 한밤중에는 배가 고파서 잠을 이루지 못할 지경이었다. 인터넷 검색창에 '다이어트 중에 배고플 때'라고 입력하고 엔터 키를 쳤다. 야채를 먹으라고? 양배추, 양상추 같은 것들은 아무리 먹어봤자 오히려 더 배고파지기만 했다. 그나마 강냉이가 저칼로리라고? 조금 나았다. 곤약이 최고라고? 아무 맛도 없었다. 고추장을 풀고 각종 양념을 넣고 소량의 떡과 곤약을 넣었더니 그럭저럭 먹을 수 있었다. 까맣게 잊고 있었던 옛 노래 가사가 떠올랐다. 이러다간 오래 못 가지. 그래도 받지도 않는 전화를 하는 일보다는 러닝머신 위에 있는 것이 나았고 오지도 않는 전화를 기다리는 것보다는 맛없는 곤약을 꾸역꾸역 먹어대는 것이 덜 괴로운 일이었다. 어떤 고통을 또다른 고통으로 바꾸는 일은 얼마든지 가능하다.

칼로리는 정직하다. 처음 며칠 동안에는 전혀 변화가 없던 몸무게가 조금씩 빠지기 시작했다. 일주일이 지나니 2킬로가 빠졌고 보름이 되어갈 무렵 5킬로가 빠졌다. 조금씩 턱선이 살아나기 시작할 즈음 아내에게 전화가 왔다.

"잘 지냈어?"

"마누라가 집을 나갔는데 잘 지낼 리가 있겠어?"

화가 나기보다는 반가움이 앞서서 누그러진 목소리로 응대했다. 그러나 아내의 목소리에는 날이 서 있었다.

"사람이 왜 그래?"

"왜? 내가 뭐?"

"왜 내 메일을 해킹하는 거야?"

"뭐라고?"

"해킹당하면 어떤 기분인지 알기나 해? 얼마나 섬뜩한지 아냐고. 심지어는 메신저까지 해킹했지? 사람이 어떻게 그럴 수 있어? 당신이 본심은 착한 사람이라고 생각했는데 이젠 비열한 사람처럼 느껴져."

나는 잠시 생각해보았다. 아내의 말은 사실이었다. 집을 나간 아내가 무슨 생각을 하고 어디서 뭘 하고 있는지 알아보기 위해 메일을 좀 열어본 일이 비열한 것이라면 나는 비열한 사람이다. 딱 잡아뗄 것인가. 아니면 정공법으로 나갈 것인가. 후자를 택했다.

"마누라가 집을 나갔는데 메일 좀 열어본 게 대수야? 바람나서 집을 나간 건지 뭐가 어떻게 된 건지는 알아야 되잖아. 당신이야말로 마누라가 집을 나가고 혼자 남겨진 남편 기분이 어떤 건지 알기나 해?"

"조금도 미안해하지 않는구나. 최소한 미안하다는 말 한마디는 먼저 할 줄 알았는데."

"입장을 바꿔서 생각해봐. 만일 내가 집을 나갔으면 당신은 그저 손 놓고 넋 놓고 가만히 있기만 할 거야? 난 휴대폰도 잃어버려서 아무 데도 연락도 못하고, 당신은 내내 전화기를 꺼놓고만 있고, 메일을 보내도 읽어보지도 않고…… 이게 얼마나 갑갑하고 황당한 상황인지 알기나 해? 내가 메일을 건드려서 당신이 전화라도 한 거 아니야? 대체 어디 있는 거야. 당신 혼자서만 생각하고 혼자서만 결론 내리지 말고 얼굴이라도 보고 얘기하자."

"이미 늦었다는 걸 당신도 잘 알잖아."

화가 머리끝까지 치밀어오른 나머지 나는 하지 말아야 할 말을 해 버렸다.

"최종훈이 누구야? 왜 그 자식이 당신이랑 내 얘기를 하는 거야. 당신이랑 어떤 관계야. 지금 그 자식 집에라도 있는 거야?"

수화기 너머에서 침묵이 느껴졌다. 아내는 차갑게 한마디를 던지고 전화를 끊었다.

"당신이 나한테 그렇게 말할 자격이 있어?"

*

최종훈이 누군지는 나도 알고 있다. 그는 아내와 같이 일했던 방송국 피디였으며 아내의 대학 선배였다. 아내를 그런 식으로 의심하고 싶은 생각은 조금도 없었다. 메일을 읽어봐도 의심할 만한 내용은 없었다. 사는 일이 참 마음 같지 않아요. 전적으로 동감하는 바이니 말이다. 굳이 그 얘기를 꺼낸 것은 아내 앞에서 목소리를 높여보려는 얄팍한 생각에서 비롯된 것이다.

나는 해킹에 대해서 전혀 모른다. 그러나 급하면 뭐든지 하게 되는 법이다. 인터넷을 통해 청부살인도 한다는데 메일 해킹쯤이야. 해킹을 전문적으로 해주는 업체를 알아내 그곳 계좌에 돈을 보냈다.

메일을 해킹당해 섬뜩하다지만 내가 한 일은 고작해야 편지 몇 통 훔쳐본 일에 지나지 않는다. 편지 몇 통 훔쳐봤다고 무슨 큰일이 생기는 것은 아니다. 하지만 아내가 내게 하는 것은 그 이상이다.

아내는 보란 듯이 메일 계정의 모든 내용들을 다 삭제해버렸다. 그리고 비밀번호도 바꾸었다. 그렇게 해도 바뀐 비밀번호 역시 알 수 있다. 돈만 내면 말이다. 인터넷상에서 쫓고 쫓기는 숨바꼭질은 일주일가량 지속되었다. 마침내 아내는 그녀가 가입한 메일 계정들과 그 외의 모든 사이트에서 다 탈퇴해버렸다. 아내의 주민번호로 가입된 사이트를 검색해보면 아무것도 나오지 않았다. 아내는 사이버공간에서도 나를 피해 사라졌다.

다이어트는 순조롭게 진행되었다. 아니, 다이어트만 순조롭게 진행되었다. 매일 러닝머신 위에서 멍하니 티브이를 쳐다보며 빠른 속도로 걸었다. 조금씩 다리에 힘이 붙는지 처음처럼 힘들진 않았다. 돌기가 달린 묵직한 훌라후프를 샀다. 뱃살을 쏙 빼준다는 광고에 혹해서 시작했지만 훌라후프를 한다고 해서 뱃살이 바로 빠지는 것은 아니었다. 뱃살만 빼는 운동이란 없다. 신체의 다른 부분의 지방이 연소된 후에 복부지방이 마지막으로 연소된다. 뱃살을 빼려면 뱃살을 빼는 운동을 해야 하는 것이 아니라 뱃살이 빠질 때까지 운동해야 하는 것이다. 하지만 훌라후프 운동은 그 자체로 뛰어난 유산소운동인지라 과대광고에 속았다고 억울해할 것은 아니었다.

슬슬 헬스클럽 안의 웨이트트레이닝 기구들을 이용하기 시작했다. 살을 빼주는 것은 유산소운동이지만 무산소운동과 병행해야 한다. 웨이트트레이닝 같은 무산소운동은 근육을 만들어준다. 근육을 단련하면 근육의 양이 증가하고, 근육의 활성이 높아져 기초대사량이 증가

한다. 기초대사량. 가만히 있어도 소모되는 열량. 사는 일의 괴로움이
란 시간이 지나야만 소모된다. 그것의 대사량을 높이는 방법은 없다.
기껏해야 또다른 괴로움으로 치환될 수 있을 따름이다.

　밥은 하루 세 끼를 거르지 않고 반 공기만 먹었다. 허기지면 곤약을
먹었다. 하루가 다르게 살이 빠졌다. 살이 빠질수록 아내에 대한 원망
이 커져만 갔다.

*

　수경과는 대학 동창이었다. 그녀로 인해 교육대학원에 갔고 그녀를
따라 교사가 되었으며 그녀와 함께 전교조 활동을 했다. 이렇게 말하
기는 미안하지만, 그 무렵의 전교조 활동은 재미있었다. 대량 해직 같
은 노골적인 탄압은 선배 교사들의 일이었다. 합법화가 머지않던 시
기였다.

　나로 말할 것 같으면 집회보다는 마음 맞는 젊은 교사들과의 뒤풀
이를 더 중요하게 생각했던, 있어도 별 도움 안 되는 그런 조직원이었
다. 그런 것부터 진지하기 이를 데 없는 수경의 마음에 들지 않는 모
습이었을 것이다. 나라고 해서 그녀의 모든 것들이 다 마음에 들었던
것은 아니었다. 집회가 빈번해질수록 집 안에 먼지가 쌓이고 빨랫감
이 늘어나는 이유를 나는 이해할 수 없었지만 수경에게는 이해할 필
요도 없는 사소한 일이었다. 그랬을 것이다. 훌륭하기 이를 데 없는
전교조 지부장 선생님께서 주례를 서는 결혼식에서 동지가 어쩌고 하
는 주례사를 들으면서 아버지는 소태 씹는 표정을 지어야만 했다. 목

사의 아들이 목사가 주례를 서지 않는 결혼식을 한다는 것이 얼마나 어려운 일인지 수경은 몰랐고 알려고 들지도 않았다.

내가 수경의 바람대로 그럭저럭 의식 있는 교사의 흉내를 내면서 지내기만 했다면 별 탈 없이 결혼생활은 이어졌을 것이다. 내가 아는 사람들 모두 그녀 역시 알고 있다는 것이 문제라면 문제였다. 새내기 여교사와 몇 번 차를 마시고 어쩌다 한번 영화 같은 것을 보는 일이 죄다 그녀의 귀에 들어갔다. 다른 사람으로부터 그런 이야기를 들었다는 사실이 그녀를 더 못 견디게 했다. 소문이란 부풀려지게 마련이다. 약간의 호감을 느끼고 있는 남녀 사이에 기본적으로 생길 수밖에 없는 어떤 성적인 긴장감이 모두 연애감정으로 발전하는 것은 아니다. 약간의 호감을 느끼긴 했지만 아무 일도 없었다, 같이 잔 적이 없을뿐더러 손 한번 잡아본 적도 없다고 주장했다. 하지만 수경의 기준에 따르자면 약간의 호감과 연애감정과는 별 차이가 없는 것이었고 그런 감정을 느꼈다면 손을 잡았건 잡지 않았건 바람을 피우는 일과 전혀 다를 바 없는 일이었다. 결과적으로 손 한번 잡아본 적이 전혀 없던 것은 아니었음을 끝까지 숨긴 것은 참으로 잘한 일이었다.

나는 수경의 상대가 되지 못했다. 우리가 아는 사람들은 모두 수경의 편이었다. 그럴 수밖에. 나는 껄렁한 교사였고 그녀는 진지한 투사였으니 누가 봐도 내가 잘못했다고 생각했을 것이다. 나도 내가 잘했다는 것은 아니다. 다만 뺨 한 대 맞을 잘못을 저지른 사람에게 린치를 가하는 것은 교육자의 도리가 아니라고 생각할 따름이다. 졸지에 파렴치한이 된 나는 이혼과 더불어 전교조를 탈퇴했고 전교조에 가입한 교사가 거의 없는 학교로 자리를 옮겼다.

그때 담배를 끊었다. 담배를 안 피우기 시작한 지 칠팔 년이 되어가니 금연에 거의 성공한 것 같다. 하루에 고작 한 갑도 피우지 않는 사람들은 금연이니 뭐니 하는 말을 좀 안 했으면 좋겠다. 그들에게는 담배를 끊는 일이 별것 아니어서 어렵지 않게 금연에 성공하고 굳은 의지를 뽐낼 수 있겠지만 적어도 십여 년 동안 하루에 평균 세 갑의 담배를 피워댄 이들에겐 그렇지 않다. 물고기가 물을 떠나 살 수 없듯이 그들 역시 담배를 떠나서는 살 수 없는 것이다. 그들은 담배가 없으면 오로지 담배를 사러 가는 행위 외에는 다른 어떤 활동도 할 수 없는 존재들이다. 조금 과장해서 말하자면 그들에겐 금연이란 의지의 문제가 아니라 생존의 문제인 것이다.

내가 그들의 대열에서 빠져 나올 수 있었던 것은 오로지 타이밍이 맞아떨어진 탓이다. 다른 이유로, 가령 담배를 피우던 나날과 결별하겠다는 식의 거창한 의미를 부여해서 담배를 끊으려 했으면 실패했을 것이다.

아버지의 탄식, 어머니의 한숨, 지인들의 걱정과 또다른 지인들의 경멸, 허공에 떠 있는 듯 현실감이 느껴지지 않는 낮, 막막하기만 한 밤, 조각난 채 발밑에 나뒹구는 한 시절의 잔상들, 금이 간 인생. 담배를 피우면서 생각했다. 견디기 힘든 고통이라면 다른 고통으로 바꾸면 되지 않을까.

나는 담배를 끊을 수 있었다. 금단증상은 달콤했다.

가끔 담배를 참기 어려운 순간들이 찾아오곤 했다. 밥을 먹은 다음이라거나 커피를 마실 때라거나 혹은 술을 마실 때처럼 흔히들 말하는 그런 때가 아니다. 하루를 지내다보면 갑자기 텅 빈 것처럼 여겨지는 순간이 생기곤 한다. 시간과 시간이 엇갈려 틈이 생기는 순간이다. 눈앞에 펼쳐진 공간에 생경한 풍경이 비껴가고 알 수 없는 무언가가 닿을 듯 스쳐지나가는 순간이다. 어느 쪽으로도 들어가지 못하고 그 사이에서 망연히 바라보기만 하는 순간이다. 담배를 피우는 일 외에는 다른 어떤 것도 어울리지 않는 순간인 것이다. 퇴근해서 해 저무는 교정을 가로질러 갈 때이기도 하고 술자리에서 잠시 바람 쐬러 나와 건물 입구의 계단에 걸터앉아 있을 때이기도 하고 어두운 빈집에 들어와 불을 켠 직후이기도 하다. 다행히도 그런 순간들은 점점 줄어들었고 마지막으로 그런 순간이 언제 있었는지 이제는 기억도 나지 않는다.

*

어머니는 집 안에 들어오자마자 혀를 찼다.

"집 안 꼴이 이게 다 뭐냐. 혼자 있을 때도 깨끗하게 하고 살아야지. 명주가 와서 보면 도망가버리겠다."

이미 도망가버렸어요. 깨끗하게 하고 살았는데도 도망가버렸어요. 도망갈 사람은 아무리 깨끗하게 해놓아도 도망가요.

"어쩐 일이세요. 연락도 없이."

"어쩐 일이긴. 방학이라면서 집에도 안 오고. 밥이나 해먹고 사는지 그냥 와봤다."

그냥 와봤다는 어머니의 손에는 한약 꾸러미가 들려 있었다.

"이게 웬 한약이에요?"

"몸 축난 데 보하는 약이다. 명주 오면 먹여라. 늬 아버지가 지어온 거야."

"아버지가요?"

내겐 단 한 번도 보약을 지어준 적이 없는 아버지였다. 어머니가 보약이라도 지어 먹여야겠다고 했던 고3 때조차 아버지는 밥이 보약이라며 밥이나 많이 먹이라고 했다. 다른 사람 걱정해주는 것이 아버지 직업이지만 가족 걱정과는, 특히 걱정을 표현하는 것과는 담을 쌓았던 양반인데 세월은 사람의 성정을 바꾸어놓는다.

"유산한 것도 아이 낳는 거하고 마찬가지야. 몸은 몸대로 축나고 마음은 마음대로 골병이 드는 거란다. 젊어서 유산해도 몸이 힘든데 명주는 나이도 적지 않은 터에……"

안쓰러운 얼굴로 말하던 어머니는 말꼬리를 흐렸다. 손자를 못 본 것도 안타까운 일이지만 그보다는 며느리 걱정이 앞서는 모양이었다. 수경에 대해서는 그리 탐탁지 않게 여겼던 어머니였지만 아내에 대해서는 그렇지 않았다. 당신 아들이 한창때에 맞이한 배우자와 슬슬 인생의 중반에 접어들어 맞이한 배우자와는 그 느낌이 사뭇 다른 것인지도 모른다. 냄새 풍기며 혼자 살던 아들과 결혼해준 며느리를 어려워하기조차 했다. 내 얼굴이 홀쭉해진 것도 모르고 어머니는 아내 걱정만 했다.

명주와 결혼한 뒤 나는 결혼생활에 최선을 다했다. 결혼생활이라는 것도 다른 사회생활, 조직생활과 다를 바 없다. 서로 사랑하는 두 사람이 결혼하는 것까지는 아무 문제가 없다. 그러나 그 이후에도 사랑에 의존해 결혼생활을 유지하려는 것은 위험한 일이다. 사랑이란 어디까지나 우연의 산물이다. 집단은 우연에 의해 존속되는 것이 아니라 구성원들의 충성에 의해 존속되며 충성이라는 것은 꼭 좋아서 하는 것이 아니다. 소속 집단에 대한 구성원의 충성도가 떨어질수록 집단 구성원의 결속은 느슨해지고 결국 쉽게 와해되기 마련이다. 집단의 유지를 오로지 우연에 맡기고 운명을 탓하려면 아예 집단을 구성하지 않는 것이 낫다. 첫 결혼 때는 그걸 몰랐다. 문제가 생기면 서로 잘 안 맞는 탓이라고만 생각했다.

울타리는 구속이자 보호막이다. 몸도 마음도 천방지축 돌아다니고 싶었던 시절의 첫 결혼과는 달리 두번째는 보호막에 가까웠다.

아내가 아이를 가졌을 때 나는 남편 노릇을 더욱 잘하리라 마음먹었다. 첫번째 임신은 결혼한 직후였는데 너무도 빨리 자연유산이 되어서 기뻐하거나 슬퍼할 겨를도 없었다. 뭔가가 휙 하고 지나간 듯했다. 그때와는 달리 나름대로 준비되고 기다리던 임신이었으니 잘해야만 했다. 티브이 드라마에 나오는 착한 남편처럼 매일같이 뭘 먹고 싶은지 묻고 사오곤 했다. 청소며 설거지며 할 수 있는 일들은 도맡아 하려고 했다. 사는 일이 연극이라면 그 몇 달간의 연기는 내 생애 최고의 열연이었다. 아내는 행복해했던 것 같다. 나도 행복했다. 그러나 행복은 짧고 그 대가는 터무니없이 크다. 유산되었을 때 아내는 고통스러워했다. 솔직히 말하자면 나는 유산의 괴로움에 대해 잘 모른다. 그것은 애당초 남자가 알 수 없는 일이다. 여자가 몸으로 느끼는 일을 남자는 그저 말로 전해 들을 따름이다. 남자에게 임신과 유산이란 한 장의 초음파 사진과 한마디의 비통한 말로 알게 되는 남의 일인 것이다. 유산이 괴로운 일인 것은 온전히 아내가 괴로워하기 때문이다. 나는 고통에 잠긴 아내를 진심으로 위로했다. 인생이 연극이라면 이때의 내 연기 역시 더할 나위 없이 훌륭했을 것이다. 진심이었으니까.

*

헬스클럽 안에 낯익은 얼굴들이 생기기 시작했다. 가벼운 인사를 주고받기도 한다. 아파트 단지 앞 포장마차에서 떡볶이를 파는 아저씨는 끝날 무렵이면 와서 누구보다도 열심히 운동했다. 하루종일 서 있는 일에 시달리고도 러닝머신 위에서 힘차게 달린다. 그러고는 각종 웨이트트레이닝 기구들을 이용하는데 무게추를 최고로 올려놓고 한다. 그 옆에 있으면 저절로 비교되는지라 남자들은 슬슬 피했다. 젊은 아가씨들은 주로 러닝머신 위에서 열심히 걷고 아줌마들은 사이클 위에서 스포츠신문의 연예란을 본다. 부부가 함께 오는 이들도 제법 된다. 늘씬하고 육감적인 아가씨들이 트레이닝복 차림으로 거꾸리에 매달려 있을 때면 헬스클럽 안에 있는 남자들의 시선이 은밀히 그쪽으로 향한다. 아내와 같이 온 아저씨들이라고 해서 예외는 아니다. 남자는 다 똑같다.

다이어트를 시작한 지 사 주가 된 지금 몸무게는 거짓말처럼 10킬로그램이 빠졌다. 턱선은 완연하게 살아났고 슬슬 배가 들어가는 것이 느껴진다.

덤벨을 샀다. 집에서도 근육운동을 시작했다. 특히 복근운동에 주의를 기울였다. 복근운동을 꾸준히 하면 기초대사율이 증가해 다시 쉽게 뱃살이 붙지는 않을 것이다.

근육운동을 할 때는 양질의 단백질을 섭취해야 한다. 기름기가 거의 없는 닭가슴살이 제격이지만 조리하는 일이 쉽지 않다. 길은 인터넷 검색창에 있다. 닭가슴살을 삶아 잘게 썰고 몇몇 야채를 곁들여 치킨 샐러드를 만든다. 문제는 시중에 나와 있는 드레싱에는 모두 오일이 듬뿍 들어 있다는 것인데 요구르트 제조기를 사서 요구르트를 만들어 약간의 올리브유와 약간의 소금을 첨가하면 아주 훌륭한 다이어트 드레싱이 된다. 이 과정에서 음식 솜씨를 요하는 부분은 한 군데도 없다는 점이 중요하다. 누구라도 만들 수 있다. 영 맛이 없는 것도 아니어서 그럭저럭 먹을 만하다. 다소나마 소중을 달래주기도 한다. 비록 지글거리는 삼겹살 한 점에 비할 바 아니지만.

커피 대신 체지방 분해에 효과적이라는 녹차를 마셨다. 녹차의 카테킨 성분은 체지방 분해에 탁월한 효능을 지니고 있다. 보이차도 마셨다. 보이차의 폴리페놀 성분은 녹차보다 지방 분해에 더 효과적이다. 하지만 정작 마시고 싶은 것은 설탕과 크림을 듬뿍 넣은 뜨거운 커피 한 잔이다. 몸이 원하는 건 카테킨이 아니라 카페인이다.

잘 참아내며 꾸준히 하다보면 머지않아 목표로 정한 60킬로 대의 체중이 될 것이다. 예전에 이십대의 청년이었을 때의 체중이다. 그때는 모든 것이 뚜렷했다. 옳고 그름이 명확했고 의지대로 삶을 이끌어 갈 수 있다고 생각했던 것도 같다. 러닝머신과 훌라후프와 덤벨은 복부지방으로 축적된 세월의 때를 벗겨줄 것이다.

유산한 뒤 아내는 괴로워했지만 우리 사이는 나빠지지 않았다. 기쁨을 같이하는 이들보다는 슬픔을 같이하는 이들의 유대감이 더욱 강해지게 마련이다.

아내의 태도가 바뀐 것은 유산한 지 한 달쯤 지난 뒤였다. 티브이를 보고 있는데 아내가 낮은 목소리로 말했다. 병원에 한번 가보지그래? 병원에는 왜? 트리코모나스에 감염된 거 같은데. 트리코모나스가 뭔데? 아내는 나를 노려보고는 방으로 들어갔다. 잠시 후에 다시 나온 아내의 손에는 베개와 가벼운 이불이 들려져 있었다. 이게 뭐냐는 얼굴로 아내를 쳐다보자 아내는 당분간 따로 자자며 내가 침대에서 자겠다면 자기가 다른 방에서 자겠다고 했다. 내가 다른 방에서 자겠다고 말했다.

트리코모나스. 성병의 일종이다. 나는 감염될 만한 일을 하지 않았다고 주장했다. 나, 이상한 데 안 가는 사람이야. 결혼 기간 중에는 물론이고 그전에도 돈을 주고 여자를 산 적이 없어. 남자한테는 아무 증상도 나타나지 않는데. 잘 생각해봐. 정말 없어? 남자들, 툭하면 여자 나오는 술집에 가잖아. 직장 사람들하고도 가고 거래처 사람들하고도 가고 동창들 만나도 가잖아. 술집 여자 말고라도 다른 여자랑 잔 적이 있었을 거 아냐. 그 여자한테 옮았겠지. 아니야. 그런 적 없어. 그전의 여자에게 옮았거나. 그 여자는 또 당신 이전의 남자한테 옮았을 테고. 대체 무슨 소리야. 그것 때문에 질염이 생겼고 골반염으로 발전된 거래. 그래서 쉽게 유산된 거래. 아내의 눈이 말하고 있었다. 너 때문에 아이가 죽었어. 나도 화가 치밀었다. 당신은 나 만나기 전에 다른 남자랑 잔 적 없어? 아내의 눈빛이 싸늘해졌다.

그 뒤 시간이 어떻게 지나갔는지 모르겠다. 아내는 이전의 내 모든 여자관계를 캐냈다. 내가 알 리 없는 그녀들의 남자관계를 추궁했다. 아내는 그녀들을 원망했고 원망은 고스란히 내게 돌아왔다. 사과가 통하지 않았고 위로가 먹히지 않았다. 트집과 억지가 난무했다. 소통이 사라진 자리에서 말은 칼이 되었다. 나는 술을 마셨고 아내는 내게 소리를 질렀다. 끔찍한 시간이 흘러갔다. 그리고 아내는 집을 나갔다.

*

뱃살이 거의 사라졌다. 개학이 목전이다. 학교에 가면 아이들은 깜짝 놀랄 것이다. 몸이 가벼워졌고 걸음이 빨라졌다. 70킬로 대 초반에 이르렀으니 조만간 60킬로 대로 내려갈 수 있을 것이다. 그러나 거울 속에는 그저 까칠한 얼굴의 아저씨밖에 없다. 단기간에 살을 뺀 탓에 피부는 탄력을 잃어 얼굴이 상한 것처럼 보인다. 목표를 거의 이루어가지만 조금도 기쁘지 않았다. 담배를 끊었을 때처럼.

아내가 돌아왔다. 많이 야윈 모습이었다. 러닝머신이나 훌라후프 따위를 필요로 하지는 않았을 것이다.

"얼굴이 많이 상했네."

걱정을 담아 말했지만 아내의 응대는 지극히 사무적이었다.

"옷가지들 좀 챙기러 왔어. 가구 같은 것들은 어떻게 해야 할지 모르겠다. 그건 나중에 의논해보고 당신이 집에 없을 때를 말해주면 와서 가져갈게.”

“정말 꼭 이래야만 해?”

“달리 방법이 없잖아.”

방법이 왜 없는가. 생각하기 나름이다. 조금만 생각을 바꾸면 되는 일이다.

“당신이 조금만 너그러워지면 안 될까.”

“이제는 애를 가질 수 없을지 몰라. 당신도 애도 낳지 못하는 여자와는 살고 싶지 않을 거 아냐.”

“아니, 괜찮아. 애는 없어도 돼.”

“계속 같이 살아봤자 나는 나쁜 아내가 될 거야. 아마 계속 당신을 괴롭힐지 몰라. 그리고 당신 괴롭히는 건 나도 괴로워서 싫어.”

“뭐든지 당신 하고 싶은 대로 해. 그냥 같이 살자.”

“당신은 괜찮을지 몰라도 내가 안 괜찮아. 머리로는 얼마든지 이해할 수 있겠지만, 당신 얼굴만 보면 아이 생각이 나는데 그리고 또 앞으로 아이를 못 가질지도 모른다는 생각만 드는데 어떻게 같이 살 수 있겠어. 우리가 서로 죽도록 사랑해서 결혼한 건 아니잖아. 그래서 많은 걸 바라지는 않았는데 그나마도 산산조각이 나버리고…… 당신에게 이제 아무것도 기대하지 않게 됐어.”

명주가 미소지었다. 무심하기 이를 데 없는 미소였다. 차라리 날 선 목소리로 싸울 때가 좋았다.

“미안하다.”

나는 진심을 담아 말했지만 명주는 이미 내 진심이 닿지 않는 곳으로 가 있었다.

"아니, 당신이 잘못한 건 아니야. 당신도 마음고생 많았을 텐데 나야말로 미안하지. 나하고 만나기 전의 일인지도 모르고, 그렇다면 당신이 누구하고 만나서 뭘 했건 그걸 가지고 뭐라고 할 수는 없을 테니까. 하지만 모르고 빚어진 일이라고 해서 없었던 일이 되는 건 아니야. 잊을 수 있는 건 아니야. 그냥 우리의 인연이 여기까지라고 생각해."

역사적으로 중요한 일은 반복된다고 했던가. 첫번째는 비극으로, 두번째는 소극으로.

개인사적으로 중요한 일 역시 반복된다. 첫번째는 비극으로, 두번째도 역시 비극으로.

비극으로 귀결되는 것은 일차적으로 무지에 기인한다. 아는 만큼 다 행할 수 있는 것은 아니지만 알지 못하면 아무것도 할 수 없다. 그러나 무지에서 벗어난다 해도 달라지는 것은 없다. 숨죽이고 있던 우연이 스멀거리며 비집고 들어와 의지를 무색하게 한다. 제각기 다른 우연들이 이리로 또 저리로 삶의 방향을 비틀어놓는다. 공평무사한 우연이란 없다.

명주는 떠났고 나는 두번째 아내를 잃었다. 아내가 들고 나간 트렁크 안에 무엇이 들어 있었을까. 아파트 안이 텅 비어버린 것 같다. 남은 것이라고는 볼썽사납게 굴러다니는 훌라후프와 덤벨뿐이다. 마치 처음 보는 듯 생경한 풍경이다. 나는 그저 망연히 앉아 있었다. 알 수 없는 무언가가 비껴가고 있다. 끝에 다다른 인연이 닿을 듯 스쳐지나

갔다. 담배 피우는 일 외에는 다른 어떤 것도 어울리지 않는 순간이
다. 나는 담배를 사러 나갔다.

해설 | 양윤의(문학평론가)

'간통 같은 독서'의 계보

1. 마지막 페이지

  박현욱은 2001년 등단 이후 세 편의 장편소설을 펴냈다.[1] 그간 발
표된 총 여덟 편의 단편들은 장르간의 차이를 감안한다고 하더라도
장편소설들과 핵심적인 부분들을 공유한다. 물론 표면적으로 볼 때,
루저 인생으로 전락한 중년 남성의 침통한 목소리(「연체」)는 '콩가루
집안'에 대한 찬가[2]를 부르는 호모 루덴스[3]의 발랄함과는 다소 거리
가 있다. 그럼에도 불구하고 수세에 몰린 철없는 남성과 슈퍼파워를

<hr>

1) 박현욱은 『동정 없는 세상』(2001)으로 '문학동네작가상'을 받으며 데뷔했으며, 이
후 『새는』(2003)과 『아내가 결혼했다』(2006)를 펴냈다. 이 글에서 인용시 본문에 쪽수
만 밝힌다.
  2) 서영채, 「'콩가루 집안' 이야기의 건강성」, 『문학동네』 2007년 봄호, 284쪽.
  3) 김미정, 「어떤 호모루덴스들의 기원과 발생—박현욱의 『동정 없는 세상』 『새는』
『아내가 결혼했다』를 중심으로」, 『문학사상』 2006년 7월호, 188쪽.

발휘하는 여성이라는 구도는 단편소설에서도 여전히 중요하게 활용된다. 그러니 박현욱의 소설을 '관계맺기'를 중심으로 하는 '남성 성장담' 혹은 '연애담'이라고 불러도 무방하겠다.

헤겔 식으로 말해 '관계의 존재론'이라고 부를 만한 박현욱의 연애담은 가벼우면서도 근본적인 질문을 담고 있다. 무릇 연애시(戀愛詩)는 존재론을 담고 있듯이, 작가가 집요하게 반복해온 테마를 토대로 인간이 세계(타자)와 관계 맺는 방식에 관한 일종의 존재론적 지평을 끌어낼 수 있으리라 생각한다.

그렇다고 갑자기 무겁거나 엄숙해질 필요는 없다. 눈치 빠른 독자는 이미 알고 있겠지만 박현욱은 총잡이나 신봉자가 아니라 익살맞은 아이러니스트다. 아이러니스트는 자신이 오류를 품고 있다는 사실을 안다. 리처드 로티가, 『잃어버린 시간을 찾아서』를 쓴 프루스트를 대표적인 아이러니스트로 꼽는 이유가 여기에 있다. 프루스트는 자신의 기억조차 완전한 것으로 믿지 않고, 스스로 길을 잃는다. 그렇다면 박현욱은 상반된 두 감정을 동시에 끌고 가는 아이러니스트다. 그는 양다리를 걸치고 있는 셈인데, 한쪽은 유쾌하고 유연한 희극의 무대에, 다른 한쪽은 우울하고 침침한 비극의 무대에 발디디고 있다. 어느 발을 먼저 내디딜지는 전적으로 우연일 뿐이다. 낙관과 비관, 명랑과 우울, 도발과 순응, 어느 한쪽만을 선택해서 따라 읽는다면 그러한 독해는 전제적이거나(총잡이를 따라간 경우다) 마술적인(신봉자를 따라간 경우다) 해석이 되고 말 것이다.

이 글은, 어떤 독서도 '최후의 단정'이 불가능하다는 폴 드 만의 말에 기대어 언제든 맨 처음으로 돌아가 다른 방식으로 읽을 수 있을,

책의 '마지막 페이지'에서 시작하도록 하겠다. 누구든 읽기를 멈추고 책장을 다른 방향으로 넘겨도 좋다.

2. 신화적 독서, 기억 속의 책

박현욱의 소설 속에는 회상하는 장면이 많다. 성인이 된 인물들은 과거로 돌아가 자신의 과오를 고백하고 오인과 착각을 되짚는다. 자신의 기억을 뒤지는 리와인드(rewind)는 무한히 반복할 수 있지만 소환된 기억은 현재화의 시점에 따라 늘 다른 내용을 담고 있을 수밖에 없다. 그러니 어떤 증거가 있다 해도 과거를 완전하게 재구성하는 것은 불가능하다. "여기에서 잘못된 것 아닌가"(「이무기」, 110쪽) 식으로 그저 예측할 수 있을 뿐이다.

가로 사십이 센티미터, 세로 사십오 센티미터의 좁은 공간. 가로의 길이보다 세로의 길이가 조금 더 긴 것은 옛사람들이 우주의 남북이 동서보다 길다고 생각했기 때문이라 한다. 가로, 세로 각각 열아홉 개의 줄이 교차한다. 삼백육십하나의 교차점 가운데 아홉 개의 꽃점이 수놓아져 있다. 모난 바둑판은 땅을 의미하고 둥근 바둑돌은 하늘을 상징한다. 하늘과 땅이 만나 천변만화(千變萬化)가 펼쳐지는 무한한 길.(「이무기」, 85쪽)

성장담에 속하는 「이무기」는 열아홉 청년 '강(姜)'의 바둑인생 십년을 압축적으로 전하는 알레고리적 소설이다. "가로 사십이 센티미터, 세로 사십오 센티미터"의 네모진 공간은 명백히 바둑판을 의미한다. 바둑을 수담(手談), 즉 "상대방과 나누는 대화인 동시에 자신과 나누는 대화"로 번역하는 순간 이것은 세계가 되고 한 권의 책이 된다. 일수불퇴(一手不退), 한번 둔 수(手)는 되돌릴 수 없다. 한 판의 바둑에 인생이 걸리게 되면 바둑은 더이상 일상적인 담소일 수만은 없다. 그때부터 바둑은 전쟁이 된다. "상대방과의 싸움이며 자기 자신과의 싸움"(89쪽)인 것이다. 열아홉 살인 주인공은 아마추어의 세계에서 프로의 세계로 진입하는 '문턱'에 서 있다.

주인공은 프로 입단대회의 마지막 대국을 위해 열심히 노력하지만 결국 "숙명처럼" 패배자의 자리에 선다. 소년이 보기에 프로의 세계는 "무한한 천상"의 세계이다. 그에 비해 자신이 서 있는 이곳은 "알 수 없는 홀가분함"을 느낄 수 있는 인간적인 공간이기는 하지만, 중심에서 밀려난 루저(이무기)의 세계이고 "아름다운 완성"이 아닌 미완의 세계이다. 바둑과 인생의 유비는 다소 상투적이라 할 만큼 분명한 테마를 담고 있다. 그것은 세계의 무정함이고 노력의 무상함이다. 인내가 쓰면 열매는 달다고 하지 않았던가. 인내를 견뎌냈건만, 열매도 쓰다. 바둑을 통해 은폐된 질서와 인생의 이치를 읽어나가는 주인공의 독서법은 세계를 거대한 담론들의 대화(談)로 여기는 태도라고 말할 수 있다. 세계는 (이미 해석된) 의미로 가득 찬 '신성한 책'이다. 이렇듯 초심자에게는 모든 활자들이 신화적 세계로부터 떨어져나온 물증(物證)이 된다.

또다른 성장담인 「해피 버스데이」에는 차마 고백하지 못한 첫사랑의 기억이 담겨 있다. 소년이 바라보는 책장은 이루어지지 못한 사랑에 대한 낭만적인 문장들로 채워져 있다. 이 소년은, '사랑스럽다'거나 '미안하다' 식의 화해나 구애에 소용되는 형용사보다는 '어른스럽게' '남자답게' 식의 씩씩한 부사를 골라 읽는다. 소년들이 참조하는 '어른의 세계'는 그 자체로 위용이 넘치는 사나이들의 책이다.

　누군가에게는, 소설 속에 등장하는 『소년중앙』이나 『어깨동무』나 '새소년 클로버문고' '학원사 세계문학전집시리즈' 등의 서명(書名)들이 특정 세대를 가리키는 문화 코드로 읽힐지도 모르겠다. 그러나 우리가 박현욱의 소설 속 인물들의 성장담에 공감하게 되는 것은 (같은 시대를 살았기 때문이라기보다는) 대체로 동의할 만한 성장의 문법에 순순히 따르는 인물들이 등장하기 때문이다. 소년들은 아버지에게 물려받은 책상에 앉아서 아버지의 문장을 흉내내거나, 형들이 사들인 책들을 차근차근 물려받아 읽는다. 작가가 나열하는 수많은 책들은 형이나 누나에게 물려받은 우리 모두의 '기억 속의 책'이다. 기억으로 재구성된 독서는, 보편적인 학창시절의 일부가 된다. 독서를 통해 인물들은 이미 사회계약의 출발선상에 들어선 셈이다. 그러니 학창시절은 이른바 "완전한 세계"라는 아우라, 그 마술적 환상을 학습하는 시기라고 말할 수 있다.

3. 독서의 화장술, 소비되는 책

　그런가 하면 계통 없는 독서도 있다. 『동정 없는 세상』의 주인공 준호는 『채털리 부인의 사랑』 『소돔120』 『북회귀선』 등의 책들을 닥치는 대로 읽는다. 준호가 골몰하여 책을 읽는 것은 딱 두 가지 이유 때문인데, 하나는 야한 대목을 찾아 읽기 위해서이고, 다른 하나는 시간을 때우기 위해서이다. 하이데거는 '볼품없는 책'을 예로 들면서 지루한 책읽기를 '시간 죽이기'로서의 '권태'에 대한 논의의 출발점으로 삼은 바 있다. 여기서 권태는 인간이 시간과 맺는 하나의 관계이다. 자신과 연관된 타인에 대한 고려가 없을 뿐 아니라 세계에 대한 성찰적 시간으로부터 도망가려는 태도가 바로 권태이다(마르틴 하이데거, 『형이상학의 근본개념들』). 『동정 없는 세상』에서 배경으로 삼고 있는 대학입시를 치른 직후의 시간이란, 우등생에게나 열등생에게나 빨리 지나가고 싶은 권태로운 시간일 것이다. 그것은 시골 역에서 도시로 가는 기차를 기다리는 시간, '지루한 책'을 읽는 시간과도 같다. 조금 당겨 말하자면, 박현욱의 소설에서 권태는 자본주의사회의 부산물일 뿐 아니라 인간의 내부에 존재하는 존재론적 구조에 관련된 문제이기도 하다.

성욕이 왕성한 소년들의 독서는 제도적으로 허용된 한에서 자신들의 결여를 채우고 쾌락을 벌충하려는 시도의 일환이기도 하다. 『동정 없는 세상』 속 소년들은 국어사전에서 성(性)과 관련된 단어들을 눈으로 따라 읽으면서 그것을 자위의 도구로 삼거나, '포르노그래피'를 '성인 되기'의 교본으로 삼기도 한다. 십대 소년들의 억압된 욕망이 참으로 딱하게 대변되는 장면이다. 세계문학전집류의 책들이 공식적으로 인정받은 '교육적 담론'에 속한다면, '포르노그래피'는 비공식적으로 알려진 '성인의 담론'이다.

박현욱의 소설 속에서 인물들의 독서 과정, 즉 텍스트나 모니터 혹은 담론을 포함하는 책읽기는 일종의 통과의례라고 말할 수 있다. 때문에 독서의 과정은 누적적이다. 누적적인 앎의 과정은 교본과 실제 사이의 분열을 경험하면서 다음 독서에 영향을 준다. 준호가 겪는 성 장통이 담론과 현실 사이의 낙차에서 기인하듯이 말이다. '포르노그 래피'가 도착적으로 전시하는 흥분과 쾌락은 정작 현실에서는 존재하 지 않는다. 오히려 왜소한 소년의 신체만이 덩그러니 남을 뿐이다. 담 론과 현실 사이의 간극 그 자체는 "주인공의 의식에 어떤 비약을 일 으키거나 하는 결정적인 역할을 하지는 않는다."[4] 그러나 현실을 대 체할 수 있는 완전한 담론(완전한 책)이란 존재하지 않는다는 것을 '알게 된다'는 점에서 의미 있는 성장의 과정이다.

『새는』에 등장하는 십대 소년은 "묘한 열망"을 가지고 있다. 기타 연습을 하고 열심히 책을 읽고 성실하게 공부해서 대학에 진학하지 만, 정작 그 모든 것은 타인을 위한 일일 뿐이다. 이 모든 노력은 오 로지 소년이 사랑한 여학생에게 인정받기 위한 행위이기 때문이다. 카뮈의 『이방인』과 카프카의 『성』을 읽으면서 소년이 욕망하는 것 은, 책 속의 내재적 가치가 아니라 타인이 부여해줄 권위와 인정이 다. 그러나 타인에게 의존해서 자신의 정체성을 획득하는 방식은 타 인의 상징적 권위에 종속될 뿐 아니라 허약한 자기 기반을 갖게 될 위험이 있다.

움베르토 에코의 말처럼 "키치(kitsch)를 직접적인 효과의 생산을 겨냥한 커뮤니케이션"으로 규정할 때, 현대사회의 대중문화는 키치 와 아방가르드 간의 변증법으로 이야기할 수 있을 것이다. 누구도 키

---

4) 김형중, 「동정(童貞)없는, 혹은 동정(同情) 없는 세상」, 『문학동네』 2001년 여름 호, 73~74쪽.

치와 아방가르드를 명백히 구분할 수는 없겠지만, 키치의 명백한 한계는 "메시지가 환기해야 하는 반응도 미리 처방해"준다는 데 있다. 에코는 키치가 타인의 기준에 무조건 종속되면서도 사회적 가치와 권위를 인정받기를 바라는 손쉬운 메시지 구조라는 점을 비판한다(움베르토 에코, 『스누피에게도 철학은 있다』). 상징적 가치의 정치적 인용은 속물적 소비에 불과하다.

이러한 키치적인 정치성에는 분명 문제가 있다. 그러나 그러한 한계가 평균성에 대한 완전한 부정을 의미하는 것은 아니다. 발견의 의외성은 평균적인 해석과 완전히 분리될 수 없다. 교통법규를 지켜야 기본적인 질서가 유지되듯이, 평균적인 이해가 전제되지 않고서는 아무도 살아갈 수 없다. 그것이 때로는 의미 없는 침전물처럼 보이더라도 말이다. 그러한 사회적 의미연관의 선험성을 습득하는 것은 평균적인 이해지평을 형성하는 데 필수적인 항목이다. 그런 점에서 '모든' 독서가 '사건적'인 행위가 될 수도 없겠거니와 그럴 필요도 없다. 이는 일상적이고 평균적인 독서법을 무조건 폄하할 수 없다는 말이다.

박현욱의 소설 속 인물들이 청소년기에 숙지하게 되는 독서법은 일종의 화장술이다. 이들은 '지루한 책'을 읽으면서 시간을 죽인다. 타인에게 자신의 감정이나 욕망을 노출하지 않는 처세술을 익히고 타인에게 인정받기 위해 표정을 바꾸는 변신술을 배운다. 그러한 독서법은 평균적인 인간이 되기 위한 훈육의 과정이지만, 역설적으로 일상적 시간과는 다른 층위의 시간이 있다는 발견이기도 하다. 그것은 일상 속에 빠져 있는 이들이 잊고 살되 거기에 다른 '무언가'가 존재한다는 일종의 결여태적 일깨움이다.

4. 원형의 서재, 관계의 판옵티콘

독서의 계보를 조금 더 따라가보자. 이십대엔 인문학이나 사회과학 서적 등 교양 일반을 쌓을 만한 책을 읽으면서 보낸다면, 삼십대엔 "어떤 책이라도 보거나 또는 아무 책이건 제대로 읽지 않"(「벽」, 52쪽)게 된다. 이들은 이미 현실이 이론과 다르다는 것을 알기 때문이다. 이른바 환멸의 시기이다. 사십대 남자는 '마르크스'와 '프루스트'의 책들을 두 가지의 유형화된 교본으로 인용한다. "그녀에게는 프루스트가 현실적인 것이고 마르크스가 비현실적인 것이었다. 내게 있어서는 그 반대였다"(「연체」, 123쪽) '프루스트'와 '마르크스'는 지나간 그 '시대의 얼굴'이다. 여기서 주인공은 과거를 불러내기 위해 책장을 잠시 넘겨볼 뿐이다.

이제 이들은 읽기 위해 책을 구입하는 것이 아니라 갖기 위해서 책을 구입한다. "예쁜 열한 권의 책은 장식용으로도 꽤 훌륭하다. 그런 책은 기회가 있을 때마다 자랑해야 한다"(「벽」, 52쪽) 「벽」에 등장하는 사십대 남성은 인문학적 교양을 겸비하고 있을 뿐 아니라 책의 전시가치를 알고 있는 장서가(藏書家)이자 수집가이다. 책은 단순한 사물이 아니라 상징적인 '소유물'이다. 벤야민의 「나의 서재 공개」라는 글에 따르면, 수집가는 전술적 본능을 지닌 사람이다. "그들은 경험을 통해 언제 그들이 어떤 도시를 정복해야 하고 아무리 적은 골동품 가게라도 그것이 성곽이 되며 아무리 외진 곳에 있는 문방구라도 그것이 결정적인 위치를 차지할 수 있다는 사실을 아는 것이다." 그렇다면 수집가에게는 사물이 그의 속에서 살아 움직이고 있는 것이 아니라 "그 자신이 바로 그 사물 속에서 살고 있는 것"이다(발터 벤야민, 『발터 벤야민의 문예이론』). 이제 그들은 자신의 서재에서'만' 자신의 세계를 읽을 수 있다.

「그 여자의 침대」에 등장하는 삼십대의 여자 주인공은, 책 대신 침대에 몰입해 있다. 침대는 여자의 물화(物化)된 세계이다. 학원 강사인 여자가 살고 있는 스물두 평짜리 아파트는 그녀에게 유일한 안식처이다. 어느 날 그녀는 애인을 위해서 자신의 낡은 철제 침대를 버리고 더블침대를 구입한다. 그런데 새 침대가 집 안으로 들어온 후부터 그녀만의 공간이 삐걱거리기 시작한다. '이인용' 침대가 만든 '여분의 공간'은 그녀의 세계 자체를 낯설게 만든다. 여자는 자신의 방에서 자기 혼자 이방인이 된 듯한 기분에 휩싸인다.

신화에 나오는 거인은 침대 크기에 맞추어 사람을 늘이거나 잘라버렸다. 남자가 착한 거인이 되어 더블침대를 몸에 맞는 넓이로 줄여줄 수 있을까.(「그 여자의 침대」, 23쪽)

신화 속 거인(프로크루스테스)의 침대는 '편견의 역사'에 대한 오랜 은유다. 자신만의 기준을 요구하는 폭력적 해석의 예화로 사용되어 왔다. 소설 속 주인공이 자신의 몸에 딱 맞는 낡은 침대를 그리워하는 이유는 자기만의 삶의 방식(해석)을 고수할 '권리'를 되찾기 위한 노력이라고 말할 수 있다. 동시에 그것은 타인에 대한 두려움 대신 고독함을 책임지겠다는 말이기도 하다. 여자도 한때는 평범한 가정을 꿈꾸었으나 이혼 후 소박한 소망마저 포기해버렸다. 여자의 침대는 사적인 꿈으로 채워진 상품이 아니라 상품처럼 의미를 잃어버린 사적인 꿈을 전시하는 진열장이다(수잔 벅 모스, 『발터 벤야민과 아케이드 프로젝트』). 지금-여기는 예술작품의 아우라뿐 아니라, 사물과 인간 사이의 조화로운 어울림이 사라진 시대이고, 사람과 사람 사이의 신뢰와 긍정이 소멸된 시대이기 때문이다.

박현욱은 남녀간의 애정관계를 인간관계의 기본적인 구도로 설정한다. 그럼에도 불구하고 대체로는 어긋나거나 균열을 느끼는 불안한 구도에서 출발한다. 불안에서 벗어나기 위해 인물들은 타인과 거리를 두고 혼자만의 공간으로 도피한다. 그러나 아무리 높은 벽을 쌓는다고 해도 타인과 완전히 단절될 수는 없다. 타인의 시선은 늘 나와 어긋나지만, 타인과 나는 어긋남이라는 방식으로 '연결'되어 있기 때문이다.

가장 극단적인 회피는 죽음으로부터의 도피이다. 죽음을 그저 하나의 사건으로 평균화하는 것은 삶을 안정되게 즐기기 위한 "은폐의 유혹"이다(마르틴 하이데거, 『존재와 시간』). 「생명의 전화」는 타인의 죽음이 어떤 방식으로 평준화되는지를 보여준다. 이 작품은 우울증에 시달리는 삼십대 후반 남녀의 덧없는 만남에서 시작한다. 공중에 떠 있는 "두 개의 풍선"처럼, 이들은 현실에 뿌리내리지 못한 채 방황한다. 실제로 주인공 남자는 자신이 허공을 떠다니고 있다고 느낀다.

"허공으로 떠오르는 건 어른이 되려고 그러는 거야. 영혼이랄지, 마음이랄지, 정신이랄지, 어쨌든 그 비슷한 게 마지막으로 신호를 보내는 게 아닐까 싶어. 일종의 경고지. 이제는 정말 땅에 뿌리를 내릴 때라고

말이야. 그 경고를 무시하거나, 알아차린다 해도 아무것도 할 수 없는
사람들은 결국 어디론가 날아가게 되는 거야. 사라져버리는 거지."(「생
명의 전화」, 69쪽)

영화 〈파니 핑크〉의 여주인공을 떠올리게 하는 여성인물 '파니'는,
자꾸 공중에 떠오르는 것은 땅에 뿌리를 내릴 때라는 것을 알리는 마
지막 경고일지 모른다고 남자에게 충고한다. 남자는 현실에 완전히
뿌리내리기 위해 일상에 적응하고(몸무게를 불린다) 제도에 순응하
고(가정을 꾸린다) 행복을 연기(演技)한다. 그러나 불행히도 그는 또
다시 파경을 맞고 만다. 그가 내린 결론은 이렇다. "인간이란 자신에
게 결핍되어 있는 것들을 더 중요하게 생각하기 마련"이다. "그리하
여 혼자 살 때에는 같이 사는 것을 꿈꾸고, 누군가와 같이 지낼 때에
는 혼자 있고 싶어한다."(78~79쪽) 남자의 자기 진단은 매우 허무적
이지만, 나의 삶이 타인의 삶과 불가분의 함수관계임을 반증적으로
보여준다.
  '발신자표시제한'으로 걸려온 전화처럼 타인과의 연관성은 느닷
없이 맞닥뜨리는 어떤 마주침을 통해서 계속 확인된다. 한밤에 울
리는 전화벨 소리는 사소하거나 성가신 일이 아니라 두렵고 섬뜩한
(uncanny) 일이다. 익명의 대상에게 일방적으로 노출된 상황은 편안
한 집 안을 송두리째 뒤바꿀 수도 있다. 주인공들이 노력하는 것은 무
관심의 거리를 확보하기 위해 타인과 절연하는 일이다. 그러나 완전
한 단절과 외면은 불가능하다. 관계 맺기의 중요성은 다른 작품에서
도 역시 중요한 모티프로 반복된다.

「그 사이」에서 아내가 가출한 이후, 혼자 집에 남은 남자의 경우도 이와 사정이 크게 다르지 않다. "숨죽이고 있던 우연이 스멀거리며 비집고 들어와 의지를 무색하게 한다. 제각기 다른 우연들이 이리로 또 저리로 삶의 방향을 비틀어놓는다. 공평무사한 우연이란 없다." (「그 사이」, 201쪽) 이러한 비관적인 인식은 인간의 근본적인 행복의 조건이 무엇인가에 대해 질문한다. 삶의 일률성과 사고의 안정성을 망가뜨려놓는 우연이 끼어드는 그 '사이'는 나와 너 사이의 균열을 보여주는 거리(距離)이고 조화롭던 그때와 폐허가 되어버린 지금의 간격을 드러내는 시차(時差)이기도 하다.

박현욱의 소설 속에는 시간의 불일치가 빈번하다. "무언가가 닿을 듯 스쳐지나가"버린 불안을 느끼게 하거나 "늦어도 너무 늦"(「연체」, 130쪽)어버린 일들이 문제를 일으킨다. 시간의 어긋남은 일상의 순환을 막아버리고 "문제의 해결이란 또다른 문제의 시작"(「링 마이 벨」, 174쪽)으로 연결되는 악순환을 낳는다. 어떤 의미도 발견하지 못하는 공허함 속에 내버려져 있는 인물들을 옭아매고 있는 것은 바로 '깊은 권태'이다.

그렇다면 자기만의 삶을 선택했다고 생각한 그 여자(「그 여자의 침대」)의 침대는 실은 몸에 잘 맞는 감옥은 아닐까? 참기 힘든 고통을 조금씩 견딜 만한 고통으로 치환하는 남자(「그 사이」)의 고통관리법은, 역으로 자신의 신체를 고문-기계로 만들고 있는 것은 아닌지 생각해볼 필요가 있다. 원형(圓形)의 서재는 모든 책을 한눈에 조망할 수 있게 만든 아늑한 공간이면서도 때로는 스스로를 가두는 감옥이 되기도 한다. 박현욱의 소설 속에서 감옥의 원형(原形)이 서재나 침대, 원룸 등으로 변주된다면 그러한 무대는 타인의 시선을 근거로 갖는다. 미셸 푸코가 『감시와 처벌』에서 말하는 일망 감시체제를 조금 다른 맥락에서 빌려온다면, '관계'의 감옥에 갇혀서 스스로를 방면(放免)하지 않은 채 스스로를 감시하는 고립적 생활을 선택한 인물들의 배치를 가리켜 '관계의 판옵티콘'이라고 부를 수 있을 것이다.

5. 그리하여, 불안으로 돌아가기

어쩌면 우리는, '침잠(沈潛)'을 '몰입(沒入)'으로 여기고 살고 있는 것은 아닐까? 그렇다면 박현욱 소설 속 인물들이 느끼는 두려움과 불안은 예외적인 상황이 아니라 인간 모두가 근거하고 있는 존재론적 양태라고 확장시켜 말해야 할지도 모른다. 누구도 벗어날 수 없는, 아무도 포기해선 안 되는 실존적 문제라는 말이다. 만약 그렇게 말할 수 있다면 하이데거의 '불안의 존재론'에 기대어(『존재와 시간』), 권태에서 벗어나 불안으로 돌아가야 한다고 말해야 할 것이다.

보르헤스는 자신의 각주 붙이기식 독서 방식을 "가장 세련된 형태의 간통"이라고 부른 바 있다. 그는 고정된 해석에 반대하고 진부한 관습적 독해를 경멸하면서 '간통 같은 독서'라는 이름으로 자신의 독서법을 차별화한다. 그것은 책읽기의 과정에서 이전에 읽었던 여러 가지 독서의 감정들을 불러내고 그것들을 서로 대화시키는 다방면적 독서법을 말한다. 보르헤스는 책 읽는 시간을 순전히 우연으로 이루어진 순간들이라고 말하면서 "이방인들을 만나는" 시간에 빗대기도 한다(알베르토 망구엘, 『독서의 역사』).

'간통 같은 독서'는 수많은 러브스토리와 스캔들을, 그리고 수많은 '의미의 사생아'들을 낳겠지만, 무엇보다 "이방인들을 만나는" 이질적인 경험을 각인시킨다는 점에서 중요하다. 또한 이는 고정된 독서 목록이나 해석의 카드를 찢어버리는 해체적 독서법이다. 그러한 독해의 위력은 갑작스럽게 안으로 파고들어온 외부의 힘과 돌진하는 내부의 힘의 마주침, 그를 통한 '깨어남'이다. '깨어남'은 다소 폭력적인 충격을 동반하지만 그것은 인식적 전환을 요구하여 세계의 또다른 지평을 열 수 있다.

프루스트는, '독서'가 사람들에게 일종의 보호구역을 제공한다고 말한 바 있다. 독서 역시 심리치료처럼 병든 사람의 내면에 강한 의지와 정신력을 되돌려줌으로써 스스로를 치료하게 만든다는 것이다. 물론 그것은 독서의 '도피술'이나 '호객술'을 말하는 것이 아니다. 오히려 그것은 자기 암시처럼 스스로의 자생력을 키울 수 있도록 하는 일종의 수행론적 작용에 가깝겠다. 그것은 바깥에 등을 돌리거나 타인을 외면하는 것이 아니다. 갑작스럽게 마주한 폐허 한가운데서 '질문'을 던질 권리를 주장하는 것이다. 오히려 그러한 질문 속에서 이방인을 만나는 기회를 구할 수도 있기 때문이다.

자, 박현욱의 연애 이야기로 돌아가 끝을 맺자. 『아내가 결혼했다』는 인용으로'만' 이루어진 책이라고 부른다 해도 그리 틀린 말은 아닐 것이다. 이 책은 철학, 역사, 문학, 문화, 스포츠 등의 전문 분야의 서적들, 인터넷 자료 등을 총망라하는 지적 컬렉션이다. 서사는 한 남자에게서 출발하여 여러 분야의 서재를 거쳐, 인터내셔널 팀워크를 보여준 바 있는 스타디움(축구경기장)을 지나, 한 여자를 향해 간다. 서

재에는 전위적인 가족제도인 '폴리아모리(polyamory)'에 대한 참고
서적과 전형적인 가족제도인 '모노가미(monogamy)'에 대한 평균적
인 이해가 나란히 배치되어 있다. 주인공의 선택은 (제도에 대한) 완
전한 전복도 아니지만 완전한 승인도 아니다. 그것은 박현욱이 말하
는 '연애의 룰'이 아닐까 싶다. 룰을 지키면서 동시에 새로운 룰을 만
들 것. 모순에서 출발하기, 그리하여 불안으로 돌아가기.

　주인공은 말한다. "우리 가족이, 혹은 그놈의 부모가 내막을 알아
차릴까봐 두려운 삶이다. 그것만이 일단 그놈을 떼어내는 가장 강력
한 방법임에도 불구하고, 그런 일이 생기기를 바라면서도 행여 그런
일이 생길까 노심초사하게 되는 그야말로 이상야릇한 삶이다."(『아내
가 결혼했다』) 불안은 외적인 대상을 원인으로 갖는 공포와 다르다.
불안은 외부에서 발생하는 것이 아니라 내부에서 발생하되 뚜렷한 대
상이 없어서 더욱 두려움을 준다. 내적인 준거가 모호해질 때 현실의
위계나 경계가 지워지게 되고 그것은 혼돈을 낳는다. 남자가 느끼는
내적 혼란이 보르헤스 식 독서법에 가까운 이유는 남자의 삶에 수많
은 이론과 학설들이 외적인 위력을 행사하기 때문이 아니다. 타인(아
내)의 세계관이 누군가(남자)의 내면과 만나고 내면에 작용하고 내면
에서 변화하기 때문이다. 두 세계관의 경계들의 어름이 서로 맞부딪
힐 때 새로운 해석의 가능성이 열릴 수 있다.

　박현욱의 소설에는 평균성의 차원과 사건적 차원이 겹쳐져 있다.
타인의 권위에 기생하는 '키치적' 존재론이 '간통 같은 독서'의 계보
를 잇는 인식적 '깨어남'과 겹쳐 있다는 말이다. 그것은 인간이 결코
현실에서 벗어날 수 없다는 점을 시사하지만, 동시에 항상 현실로부

터 벗어나고 있다는 점을 강조한다. 프랑스 작가 라브뤼예르는 "인생은 느끼는 자에게는 비극이요 생각하는 자에게는 희극"이라고 말한다. 어느 쪽 무대에 먼저 발을 디디건 그건 전적으로 독자의 몫이다.

아껴 읽던 책의 마지막 페이지만을 남겨둔 아쉬움을 느껴본 적이 있는 독자라면, 책을 읽는 와중에 나를 침범하는 듯한 어떤 충격을 경험해본 적도 있을 것이다. 그것은 독자 자신이 스스로의 인식을 넘어서 새로운 질서를 만나는 경험이다. 상황에 완전히 빠져든 사람이 오히려 깨어날 수 있다. 스스로 늘 깨어 있다고 믿는 사람은 제대로 잠들 기회조차 얻지 못한 자다. 만약 사건적 독서가 가능하다면, 일상적 차원의 '반복'과 비약적 차원의 '발견'은 이분법적 대립관계가 아니라 변증법적 겹침의 관계일 터이다. 이를테면 그것은 지금 막 결혼을 결심한 이 남자에게 침범한 이런 충격이 아닐까. 그것의 의미가 누구에게는 축복이 되고, 누구에게는 저주가 된다고 해도 말이다.

어느 순간 갑자기 가슴속에서 뭔가 솟구치는 거야. 그게 뭔지는 몰라. 짜릿함도 아니고 개운함도 아니야. 기쁨도 아니고 슬픔도 아니야. 기쁨은 아니지만 뭔가 울림이 있고 슬픔은 아니지만 눈물 날 때하고 비슷한 느낌이 드는 거야. 굳이 말하자면 감동 비슷한 거였던 것 같아. 그러고는 귓가에 종소리 비슷한 게 들렸지. 어디선가 향긋한 꽃내음 같은 게 났고 나비들의 날갯짓 같은 움직임이 눈앞에 펼쳐지더라. 무슨 소리냐고 묻지 마. 나도 모르니까. 오르가즘? 마음이 평온하고 정신이 고요한데 오르가즘은 무슨. 하여튼 그때 결심했던 거야. 이 여자하고 결혼해야겠다. (「링 마이 벨」, 172쪽)

이 글의 마지막 페이지에서, 누군가의 '종소리'를 함께 듣게 된다면, 이 책은 당신의 모든 독서의 초판(初版)이 될 것이다.

단편집을 내보낸다. 등단한 지 어느새 여덟 해이니 부지런히 썼다고는 할 수 없을 것이다. 처음 등단할 때의 마음가짐대로 열심히 글을 썼다면 진작 나가떨어지지 않았을까. 오히려 열심히 하지 않은 덕분에 여덟 해가 되도록 소설을 쓰고 있고, 띄엄띄엄 써온 단편들을 모아 한 권의 책으로 묶어낼 수 있게 된 것 같다. 그럴싸하게 말해보자면 이 책은 열정의 부재가 내게 준 선물이다. 정말이지 나는 복도 많다.

글감을 준 친구들에게 고마움을 전한다. 그들 중 어떤 이들은 먼 곳에 있어서 볼 수 없다. 또 어떤 이들과는 마음이 멀어져서 보지 못한다. 그이들과 함께했던 날들을 떠올리자면 쓸쓸한 기분이 들지만 어찌할 수 없는 일이다. 그저 다들 잘 지내시기만을 바랄 따름이다.

2008년 11월

박현욱

내가 온전히 즐길 수 없는 몇 권의 소설이 있다. 유감스럽게도 내가 좋아할 만한 요소들이 적지 않은 소설들이다. 틀림없이 그럴 것이다. 내가 쓴 소설들이니까.

내가 썼다는 바로 그 이유로 나는 활자화된 내 소설들을 제대로 읽지 못한다. 내가 이 책들을 즐기는 방법은 한 가지밖에 없다. 책장에 꽂아 두고, 책등만 쳐다보는 거다.

그리하여 나는 어느 지점에선가 나와 비슷한 취향을 지니고 있을 당신이 조금 부럽다. 부디 내 몫까지, 여러모로 즐겨주시길.

2013년 1월

박현욱

| 수록 작품 발표 지면 |

그 여자의 침대 ……「문학동네」 2002년 봄

벽 ……「문학동네」 2007년 봄

생명의 전화 ……「문학사상」 2008년 5월

이무기 ……「문학사상」 2006년 2월

연체 ……「현대문학」 2006년 11월

해피버스데이 ……「한국문학」 2007년 겨울

링 마이 벨 ……「한국문학」 2004년 봄

그 사이 ……「한국문학」 2005년 겨울

문학동네 소설집
그 여자의 침대
ⓒ 박현욱 2013

1판 1쇄 2008년 11월 3일
1판 3쇄 2008년 11월 28일
2판 1쇄 2013년 1월 14일

지은이 박현욱
펴낸이 강병선
책임편집 강윤정 | 편집 김민정 김필균 김형균 | 디자인 김현우 유현아
마케팅 신정민 서유경 정소영 강병주 | 온라인마케팅 김희숙 김상만 이원주 한수진
제작 서동관 김애진 임현식 | 제작처 영신사

펴낸곳 (주)문학동네
출판등록 1993년 10월 22일 제406-2003-000045호
주소 413-756 경기도 파주시 문발동 파주출판도시 513-8
전자우편 editor@munhak.com | 대표전화 031) 955-8888 | 팩스 031) 955-8855
문의전화 031) 955-8890(마케팅) 031) 955-2678(편집)
문학동네카페 http://cafe.naver.com/mhdn

ISBN 978-89-546-2024-6 03810
* 이 책의 판권은 지은이와 문학동네에 있습니다.
  이 책 내용의 전부 또는 일부를 재사용하려면 반드시 양측의 서면 동의를 받아야 합니다.
* 이 도서의 국립중앙도서관 출판시도서목록(CIP)은
  e-CIP 홈페이지(http://www.nl.go.kr/cip.php)에서 이용하실 수 있습니다.
  (CIP 제어번호 : CIP2012006178)

www.munhak.com